Sonya
ソーニャ文庫

蜜夜語り

山田椿

イースト・プレス

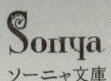

contents

序章

澱《おり》が溜《た》まっていくように、分厚い雲が夜空を覆い始めていた。先ほどまでは輝くばかりだった上弦の月が今は遠く霞《かす》んで見える。

「さあ、誓いなさい」

そんな朧《おぼろ》な月影を、鈴音《すずね》は自分の上に馬乗りになっている男の肩越しに見上げていた。

月を背にした男の面貌《めんよう》は闇に染まり、表情まではははっきりと窺うことはできない。

ただ、艶めく低い声が鈴音を容赦なく追い詰めていた。

「今ここで身代わりを辞退すると誓うのです」

男の腰がさらに折り曲げられると、息のかかる距離にまでその顔が近づいた。

すると、それまで届かなかった石燈籠《いしどうろう》の灯りを受け、ぞっとするほど艶めかしい容貌が闇に浮かび上がる。

烏帽子《えぼし》から覗く上品な額に優美な眉。切れ長で聡明な瞳は黒真珠のように鈍く光って、瑞々しい唇は凛々《りり》しく引き結ばれている。

「明日にでもここを出て、宮家《みやけ》に戻るのです」

男の口調は凪《な》いだ池のように穏やかなのに、鈴音をひどく張り詰めさせる。

思えば初めて会った時から、男の瞳には溶けない氷に覆われた見えない感情が在《あ》った。

いつもは秘された情動がふとした拍子に表れると、それは炎《ほむら》となって鈴音に襲いかかってくる。

その眼でじっと見据えられると、発熱したように頭がぼうっとなって目を逸らせなくなってしまうのだ。

「さあ誓いなさい」

なおも迫る男に、鈴音は小さく首を振り白く柔らかな頬に涙を零した。

「それは……できません。わたしが戻ればお兄様の出世の道を断つことになります」

「では、身勝手な兄のために好きでもない男に抱かれるというのですか」

「それは……」

「やめてくれと、この私が頼んでも？」

心を試す口振りで、男が鈴音の顔を覗き込みながら淡く微笑む。

なんて寂しそうに笑うのだろう……。

男の笑みは胸を締めつけ、せつなくさせる。

けれど、鈴音には今さら引けない事情がある。いや、どうしてもここに留まらなければならない理由ができてしまった。

鈴音は揺れる胸の内もそのままに、震える声で男に告げた。

「わたしには選ぶことができません。選べば誰かを傷つけてしまうことになります。それならいっそ、この身を天命に任せてしまいたいのです」

投げやりとも取れる言葉に、男の顔が険しくなる。冷ややかな眼差しは鈴音を軽蔑しているようにも受け取れた。

「愚かなことだ。大納言の申し出が天啓《てんけい》だと仰《おっしゃ》るつもりですか」

「それは……」

鈴音が言い淀んでいると、男が嘲笑《あざわら》うように口端を歪《ゆが》めた。

「貴女が自分で選べないと言うのなら、私が選べるようにして差し上げましょう」

「え……」

男は冷淡な薄笑いを浮かべ、その双眸を昏《くら》く翳《かげ》らせた。

広い肩越しに見えていたわずかな月の光彩も雲に呑まれ、辺りはより一層深い闇夜へと転じてしまう。

石燈籠の側に立つ木蓮の木に一陣の風が吹き抜けて、黒い枝葉がざわりと揺れた。

「貴女が迷うのは選択の余地があるからです。悩みを無くすには答えをひとつに絞ればいい」

そう言うなり男は鈴音の小袿《こうちき》を鷲掴みにすると、内側で結ばれた衣紋紐《えもんひも》に手を掛けた。乱暴にそれを解き、腰高に結ってある長袴の帯にまで手を伸ばすと、固く結んだ結び目を解こうとする。

「いや……っ、やめて……お願いです……っ……」

鈴音の懇願《こんがん》も空しく、男は無言のまま帯を解き終えた。

着付けるときはそれなりに人手も時もかかるが、帯さえ抜いてしまえば装束は簡単に脱げてしまう。

鈴音はとっさに胸を庇い、腕を交差して重なる衿《えり》を引き寄せた。

けれど男は蝶の羽を毟《むし》るような残酷さで小袿を肩口まで落とすと、次に藤襲《ふじがさね》にした五衣《いつつぎぬ》を一枚ずつ寛《くつろ》げていく。

「あ……嫌……っ」

鈴音のか弱い抵抗などすぐに破られ、衿を割り開くようにして剝《む》かれてしまう。そうすると、装束で隠されていた鎖骨や胸の谷間までもが露《あら》わになりかけた。

鈴音の乱れた姿を見て、男が意地悪く笑う。

「貴女の考えを改めさせるには、口で言うよりこの方が早い」

「……っ……」

残るのは肌着となる白い小袖《こそで》しかない。

それだけは何としても守ろうと儚い抵抗を続けたが、男は鈴音の両手首を片手で一纏《まと》めにしてしまうと無言で行為を続けた。

「やめて……お願い、どうか……」

鈴音の訴えは聞き入れられず、小袖の衿は容易《たやす》く開かれてしまう。

「や……っ」

雪白な乳房が闇にまろび出ると、石燈籠の灯りを淡白く照り返す。

小ぶりな胸の先端は突然の夜気に晒されて、芽吹く直前の蕾のようにぷっくりと勃《た》ち上がった。

「はしたないですね、もうこんなに硬くさせて……」

男は嘲るように言い捨てると、凝《しこ》り始めた未熟な蕾を指の腹できゅっと挟んだ。

「あ……うっ」

慣れない刺激に身を竦め、眉を顰める。すると男はその間に、解いた衣紋紐で華奢な手首をひとつに縛り上げてしまった。

「や、ぁ……」

鈴音は蜘蛛の巣に囚われた蝶のように、ふるふると身を震わせ、じっと見下ろす男の顔を見上げていた。

けれど、どんなに見つめても男の意図を読むことができない。鈴音は不安におののいた。

「大納言は、貴女を穢れのない身持ちの堅い姫だと思っている。その姫が貞操《ていそう》を失ったとしても、まだ身代わりとして貴女のことを必要とするでしょうか」

「そんな……もしも身代わりがいなくなれば、大納言様どころかあなたにまで迷惑が及んでしまいます」

「だとしたら、どうだと言うのです」

まるで他人事のように男が鼻で笑う。

少しも引く気配がないことに戸惑いつつも、鈴音はあることを思い出し、思わず問いかけた。

「これも昨夜の続きなのですか？　なにも知らない無知なわたしを諌《いさ》めようとして、それでこのようなことを？」

「……」

「お戯《たわむ》れのつもりなら、どうかこれ以上はお許しください」

「戯れ？」

失笑を漏らした男は、鈴音を組み敷きながら細い首筋にゆっくりと顔を近づけた。すると男の狩衣《かりぎぬ》に焚《た》きしめてある白檀《びゃくだん》の香がほのかに薫《かお》って、鈴音の気持ちを落ち着かなくさせる。

髪から覗く鈴音の耳に、吐息交じりの男の声が届いた。

「貴女はこうまでされても、まだ事態を把握していないようですね。私は今から本気で貴女を犯そうと考えているのですよ」

「そんな……っ」

鈴音が目を見開くと同時に、つんと勃ち上がった胸の尖りに熱くぬるついたものが触れた。

「ひ、……あっ……」

男の薄い唇が薄紅色の蕾を啄《ついば》む。その唇が次第に開かれると、柔らかな乳房を頬張るようにして蕾の先を舌で突《つつ》かれた。

「あ……ぅ……」

湿った熱い舌が蕾に絡みつき、喉の奥へと吸い上げようとする。

「……ん、くぅ……ん……」

鈴音は頭を反らせ、捏《こ》ねられる刺激に必死に耐える。

男の唇が時折乳房から離れると、背中にぞくりと寒気を感じた。口腔に包まれている間はぬるま湯に浸るように温かいのに、それが少しでも夜気に触れると肌寒く感じてしまう。

寒さに粟立つ乳房を揺らしていると、男は愉《たの》しげに目を細めた。

「舐《ねぶ》られるのが好きなようですね。唇を離そうとすると蕾を突き上げて、先ほどから何度も押しつけてきていますよ」

「ち、違……っ」

向けられる冷笑にふるふると首を横に振ると、男は皮肉るように柔肉をぎゅっと掴んだ。

「嘘はいけませんよ。こうして手や唇で触れていると、貴女の胸はしっとり汗ばんで手に張りついてくる。あまりに舌触りが良くて、手放せなくなりそうです」

男は手で押し出されて隆起した乳房に齧《かぶ》りつくようにして頬張ると、わざと音を立てながら先端にむしゃぶりついた。

「ん、ふ……ぅ、ぁ……っ、ん……」

鋭敏な刺激が乳房から体の隅々《すみずみ》まで駆け巡る。与えられる淫らな行為はやがて甘い旋律へと変わり、鈴音の内側をざわめかせた。

「あ、ぁあ……っ」

「昨夜より声が出ていますよ。感じているのですか？」

「ち、違……っ……」

「正直になりなさい」

「や……っ……本当に違……っ……」

否定すればするほど、男に乳房を揉みしだかれ舌先で蕾を捏ね回される。

声を堪えることで行き場のなくなった吐息が内側で熱を放ち、体を熱く疼《うず》かせた。

「い……っ……ぁあ……ふ、ぅ……」

どうして……？

自分のものとは思えない掠れた甘い声に耳を塞ぎたくなる。けれども手首を縛る紐に自由を奪われて、そうすることがかなわない。

それでも必死で声を抑えようと、紅い小さな唇を真一文字に引き結んだ。

「……ん、くぅ……っ……」

そんな埒もない抵抗に、男は酷薄な笑みを浮かべる。

「貴女は本当に我慢強い。それが愚かでもあり可愛らしくもありますね」

男は鈴音の閉じられた唇に自分のそれを重ねると、舌でこじ開けようとした。

「く……っ、は、あ……っ」

あまりの息苦しさに微かに口を開いて息をすると、そのわずかな狭間から、厚みのある舌が忍び込んでくる。

「あ、ふ……う……」

熱い舌は、鈴音の唇から絶え間なく甘い吐息を引き出そうとした。

「貴女はここにいるべき人ではない。私は今になって、貴女を呼び寄せたことを後悔している」

悔悟《かいご》の念に男は眉を顰める。

「いいえ、それは違います」

悪いのは男ではない。男は自分を助けようとしただけだ。そんな思いから、鈴音は思わず言い募った。

「この邸《やしき》に来ることはわたしが望んだことです。お兄様や宮家を守るためにはそれしか術がなかったから。わたしが夜須子《やすこ》姫の身代わりになることしか……」

「――夜須子など殺してしまえばいい」

ぞっとするほど冷たい声に鈴音の体が凍りつく。

男の顔から一瞬で表情が消えた。先ほどまではまだ見えていたわずかな感情さえ、秀美《しゅうび》な顔立ちの下に埋もれてしまう。

男は、鈴音の纏う濃色《こきいろ》の長袴を引きずり下ろすと、その染みひとつない白磁のような太《ふと》股《もも》に手をかけ強引に割り開いた。

「や……っ！」

本能的に危険を感じ、鈴音は顔を引き攣《つ》らせる。

男の体の下から逃げだそうとしたが、すぐに引き戻されて、脚の間に腰を入れられてしまう。

「――貴女は誰にも渡さない」

男の眼の奥に欲情の炎が宿る。

いつもどこか達観しているような双眸が、今は、すべてを焼き尽くさんばかりに激しく燃え盛っていた。

第一章　密会

空木《うつぎ》の白い花がちらほらと咲き出した頃。

東対《ひがしのたい》にある鈴音の部屋に、壺折装束《つぼおりしょうぞく》に市女笠《いちめがさ》を持った女房《にょうぼう》の松尾《まつお》が訪れた。

松尾は几帳《きちょう》の前に座って長いこと押し黙っていたが、ようやく別れの言葉を口にする。

「……鈴音様、長らくお世話になりました。これより右衛門少尉《うえもんのしょうい》様の邸へ参ります」

いざ別れの段になると、掛ける言葉が見つからなかったらしい。松尾は言葉少なに挨拶を済ますと、これまで仕えていた姫のもとから立ち去ろうとした。

「待って、松尾」

わずかに掠れた声で松尾を呼び止める。鈴音は膝行《しっこう》の衣擦れの音をさせながら、几帳の裏から姿を現した。

大きな瞳を涙で潤ませた可憐な姫は、去りゆく女房に心配をかけまいとして、懸命に涙を流すのを堪えていた。

そんな健気な鈴音の姿に、松尾は憐《あわ》れむような眼差しを浮かべる。

できることなら今すぐにでも手を取って慰め合いたいところだが、今さらお互いの身を案じたところで事態は何ひとつ変わらない。

それを承知しているからこそ、鈴音も決して泣き言めいた言葉を口に出そうとはしなかった。

松尾はそんな思いを察したのか、いつもと変わらない穏やかな物腰で鈴音の前に座り直す。

「どうかなさいましたか？」

「じつは松尾に渡しておきたいものがあるの」

鈴音はそう言いながら、用意していた包みを几帳の陰から取り出した。

女房の松尾は鈴音にとって乳兄弟であり、三つ年上の頼れる姉のような存在だ。その松尾が今日を限りに宮家を去ることになっていた。

別れの寂しさに耐えながら、鈴音は努めて明るい声を出した。

「良ければこれを右衛門少尉様の邸で身に着けてください」

差し出された包みを松尾が開くと、中から松模様が織り込まれた見事な仕立ての袿《うちき》が現れた。とても一介の女房が持てるような代物ではない。

「これは藤《ふじ》の君《きみ》様の袿ではございませんか」

目を瞠る松尾に、鈴音は微笑みながら頷いた。

「わたしと一緒にお母様の最期を看取ってくれた松尾への、形見分けのつもりです」

「ですが……」

松尾は逡巡するように袿を見て、改めて鈴音に視線を戻した。

鈴音の黒目がちな瞳は思わず覗き込みたくなるほど澄んだ輝きを放っていて、ややぽってりとした唇は熟れた果実のように紅く色づいている。その愛らしい容貌をより一層引き立てているのは思わず触れたくなるような漆黒の髪と淡雪のごとき白肌だ。

裳着《もぎ》の儀を済ませて早二年。十六となった鈴音は、少女から女へと変貌する時期にあって、その可憐で幼《いと》けない容貌のなかに時折、不調和とも取れる女の色香が醸し出されるようになっていた。

間違いなく鈴音は、あと半年も経てば世の公達《きんだち》を騒がす美姫へと変わるだろう。

それなのに彼女が纏う小袿は、とても高貴な姫が身につけるような代物ではない。よく見ると単《ひとえ》の上に重ねた五衣は色褪せ、表着《うわぎ》の袖なども綻《ほころ》びかかってしまっていた。

この姿を見ればいかに宮家の財政がひっ迫しているか推し量れるというものだ。

松尾は静かに首を横に振ると、袿をそっと押し戻した。

「こんな立派な袿を私がいただくわけには参りません。どうか鈴音様のお手元に残されて、なにかの折にでもお役立てください」

「いいえ、ぜひとも松尾に受け取ってほしいの」

鈴音は哀しげな表情を浮かべると、伏し目がちに言葉を続けた。

「この袿を私のもとに残しても、お兄様に渡せばいずれは炭か米にでも替えるでしょう。それでは亡くなったお母様に申し訳なくて……」

「鈴音様……」

「ですから松尾に使ってもらって、時折お母様のことを偲《しの》んでもらえたら、わたしとしては嬉しいのです」

鈴音の母である藤の君が亡くなってからというもの、宮家には不幸が続いている。

藤の君の後を追うようにして亡くなった父宮は、先帝の血を引く第七皇子だった。

けれどまだ存命していた昨年、東宮《とうぐう》が新たな帝として立つと、それまでの身分や官位はすべて一新されてしまった。

風流人であった父宮は、もとより出世争いや政《まつりごと》に関心が薄く、今上帝《きんじょうてい》に関わる公卿《くぎょう》や貴族にすり寄ることもしなかったため、政治の表舞台からあっさりと追われてしまった。

そうなると、兄の天音《あまね》はよほど強力な後ろ盾でもない限り、殿上人《てんじょうびと》として必要な五位以上の官位を得ることは難しい。貴族は帝のいる内裏《だいり》に出仕して初めて、出世の道が拓け、俸禄《ほうろく》を得るのだ。

官位を失って以来、収入の手立てがない宮家では、両親の遺した調度品や装束などを売り払うことで日々の糊口《ここう》を凌《しの》いできたが、さすがにそれにも限界がある。

やがて父宮の代から仕えてきた古参の女房や従者たちの中から辞める者が現れて、次に口減らしのため、天音から暇が言い渡されるようになった。

そのせいか天音は、宮家に勤めていた女房や使用人のほとんどから嫌われてしまっていた。

お兄様はみずから悪役を買って出て、わたしや宮家を守ろうとしているだけなのに……。

天音のことを誤解したまま去って行く使用人たちを送り出すたび、鈴音は心を痛めていたのだった。

鈴音は気を取り直し、袿の包みを結び直すと、もう一度それを松尾のほうへ押しやった。

「お願い松尾、どうか受け取って」

そこまで強く言われては、さすがに松尾も断り切れないと思ったらしい。鈴音に深々と頭を下げると、ようやく包みに手を伸ばした。

「わかりました。大事に使わせていただきます」

「ありがとう、松尾」

鈴音の唇に鮮やかな笑みが浮かぶ。だが、それを見た松尾はなぜか痛々しそうに目を逸らした。

「どうかしたの、松尾？」

「……鈴音様はお気づきになっていらっしゃいますでしょうか」

「なにを？」

首を傾げていると、松尾は何か決意したように鈴音を見据えた。

「宮家がここまで傾いたのは、なぜだとお思いですか？」

「それはお母様やお父様を亡くして……」

「いいえ違います。すべて天音様の過ぎた野心のせいですわ」

「松尾……」

松尾の表情は険しく、苛立ちを隠そうともしない。そんな乳兄弟の姿にただただ困惑する。これまで他の女房がどんなに天音の悪口を言っても、松尾だけは沈黙を守っていた。

だからこれまでずっと、松尾は自分と同じ気持ちでいるのだと思い込んでいた。

「急にどうしたの？　野心とは、どういう意味なのでしょう？」

「父宮様が亡くなられた後、天音様が公卿の催す管絃《かんげん》の宴《うたげ》に、奏者としてたびたび招かれていることはご存じでいらっしゃいますね？」

「ええ」

天音は龍笛《りゅうてき》の名手であったため、官位を失い、出仕のかなわない身の上になっても、辛うじて奏者として公の場に顔を出す機会があった。さもしい話だが、そうした場に呼ばれることでわずかな褒美を得て、何とか家計をやりくりしているのが現状だ。

「お兄様がいなければ、私たちはとっくに飢え死にしていたでしょう」

感謝の思いを口にすると、松尾は首を横に振る。

「いいえ、違います。天音様のせいで私たちは飢え死にしかけたのです」

「え……？」

「天音様は父宮様と官位を無くされてから、ひどく焦っておられました。その焦慮《しょうりょ》と野心につけ込まれ、宮家唯一の収入源だった荘園《しょうえん》の権利書を騙し取られてしまったのです。どうやら官位譲渡か、高貴な姫への橋渡しを餌に、怪しげな輩の口車に乗ってしまわれたようで……」

「そんな……」

初めて聞かされる話に、鈴音は二の句が継げず黙り込む。だからといって、天音を責める気持ちにはなれない。きっと宮家のためを思って取った行動が裏目に出てしまっただけだ。

「じつは他にも、お話ししておかねばならないことが……」

松尾がなにか言いかけた時、

「あのう、ごめんください！」

鈴音の部屋に面した庭の辺りから、甲高い少年の声が聞こえてきた。

「こちらに松尾様という女房殿はいらっしゃいますか？」

鈴音と松尾は思わず顔を見合わせる。

「……今のは誰でしょう？」

「さあ、私にもわかりません」

「もしや盗賊の類《たぐ》いでは……」

鈴音が怯えた素振りを見せると、松尾は気丈にも腰を浮かせた。

「行って様子を見て参ります」

松尾は急いで立ち上がると、鈴音を几帳の裏に移動させる。

裳着を済ませた姫は成人したものと見なされ、それ以降、たとえ相手が身内であっても几帳や御簾もなしに異性と直接対面することなどありえない。夫以外に顔を晒すということは、人前で小袖になるくらい恥ずかしいことだ。

松尾は外から鈴音の姿が見えないことを確認すると、庇《ひさし》の間に進み、下ろしていた御簾をかいくぐって庭に面する簀子《すのこ》へ出た。

「そこにいるのは誰です」

松尾が声をかけると、すっかり枝の伸びきった低木の間をかき分けて、十四、五才の牛飼い童《わらわ》がひょっこりと現れた。

牛飼い童とは牛車《ぎっしゃ》の牛を引く生業《なりわい》の者の呼び名で、牛を引く者が実際に少年とは限らない。かなりの力仕事になるため、そのほとんどが童形姿《どうぎょう》のむさ苦しい男だったりする。

珍しく若い牛飼い童は長い髪を後ろでひとつに束ね、庶民の平常服でもある麻の水干《すいかん》をすっきりと着こなしていた。水干の多くは裏地がないものが多いが、この少年が身に着けているものは下に着込んだ単の色に合わせたような同色の裏地がついている。

その仕立ての良さから察するに、この少年はそれなりに身分ある主の邸に仕えているのだろう。

「勝手に邸内に入ってくるとは失礼ですよ」

松尾が叱りつけると、少年は悪びれることなく答えた。

「だって表門や車宿《くるまやど》りの方に声をかけても、誰も出てきてくれないから」

そう言われてしまうと、松尾も叱るに叱れない。

何しろ宮家に残っている使用人は松尾ただひとりで、後は必要なときにそのつど雇う下働きの者たちが稀《まれ》に出入りするくらいだ。こんなふうに突然の訪問に対応できる者が、今の宮家にいるはずもない。

松尾は仕方なく態度を和らげると、少年を手で招いた。

「私がお探しの松尾です。一体どのようなご用件でしょう」

すると少年は簀子の近くに歩み寄り、高欄《こうらん》越しに何かを手渡してきた。

「さるお方から、この文《ふみ》を預かって来ました」

「文？」

松尾は文の裏を返してみたが、どこにも差出人を示すような文字はない。不思議に思っていると、少年は中庭を見渡しながらやけに大人びた口調で進言してきた。

「女房殿、ここの庭だけだいぶ荒れていますね。夏までに手入れをさせないと、ただの藪《やぶ》になってしまいますよ」

痛いところを突かれ、鈴音は思わず苦笑する。

表門近くや天音が居る寝殿《しんでん》前の庭園は、それなりに体裁《ていさい》を保つため手入れをしていたが、東対の中庭はほとんど手つかずのまま放置されていた。本来であればこの庭こそが、宮家の誇る最も美しい場所なのだ。

「下働きの者たちによく手入れするように言っておきます」

宮家の窮状を知らない少年は、自分の意見が聞き入れられたことに満足して、明るい笑みを残して去って行った。

「いまの牛飼い童はどこのお邸の者なの?」

鈴音は心配のあまり、御簾のところまで出てきてしまう。

「わかりません。とりあえず文を読んでみます」

松尾は御簾の中に戻ると、鈴音の前で受け取ったばかりの文を開いた。

「……あっ、そんな」

読み進めていく内に、松尾の顔色が青ざめていく。

「どうしたの、松尾?」

ただならぬ様子に声をかけると、松尾は気まずげに文から顔を上げた。

「じつはひと月前、私が宮家を去ることが決まった時、さるお方に宮家への援助を求める文を書き送っていたのです」

「え……っ」

突然の告白に、鈴音の眼が丸くなる。

「鈴音様に何のご相談もなく勝手なことをして申し訳ございません。ですが今の宮家では日に二度の膳の支度にも事欠く始末。こうなってはあの方の情けに縋るより他に方法はないと思い詰めてしまったのです」

「もしやあのお方とは……」

「はい。天音様の本当の父君でございます」

天音と鈴音の父が違うことは、母が亡くなる前に知らされたことだった。だが……。

「で、ですが……あの件はわたしたちだけの胸に秘めておこうと決めたはずではありませんか」

「はい。けれどあの頃はまだ父宮様もご存命で、宮家もこれほど困窮してはおりませんでした」

「確かにあの頃と今ではだいぶ事情が変わってしまっているけれど……」

鈴音の戸惑いを断ち切るように、松尾がきっぱり言い放つ。

「今の宮家に残された財はこの邸と鈴音様しかありません」

「え、わたし……？」

邸が財となるのはわかるが、なぜ自分にまで価値があると言われているのか見当もつかない。

鈴音がほっそりした首を傾げていると、松尾がいつになく厳しい声音で告げてくる。

「天音様が私を鈴音様のもとから遠ざけようとするのは、邸の口減らしのためではありません。いずれ鈴音様に殿方を通わせ、その方から報酬を受け取ろうと考えているからです」

「まさか……」

それでは兄に身売りさせられるようなものだ。

文が届く前に松尾が言いかけたのは、このことだったのだろうか。鈴音は激しく狼狽《ろうばい》した。

「兄思いの鈴音様にこのようなことを申し上げるのはとても辛いことですが……私が邸を去るように言い渡されたのは、とある受領《ずりょう》の夜這いの手引きを断ったからでございます」

「え……」

鈴音は思わず息を呑んだ。

確かに不心得な女房がいると、幾ばくかの謝礼と引き替えに邸に男を引き入れ、姫に夜這いをかけさせる手引きをすることもあるらしい。

鈴音の身にそのような不幸が起こらなかったのは、ひとえに松尾が眼を光らせてくれていたおかげなのだ。

「だけどお兄様は、松尾を右衛門少尉様の邸へ勤め替えさせるのは、宮家にいても満足な膳や褒美を与えてやれないからだと仰っていたわ」

だから鈴音は松尾の将来を考えて、勤め替えに賛成したのだ。

「そのようなことはただの建前です。私がいては思い通りに殿方を通わすことができないから厄介払いしたに決まっています」

「でも……」

鈴音は反論しかけて、わずかに言い淀む。鈴音にとって今から告げることは少なからず心の傷となっていたからだ。

「たとえお兄様が誰かを通わせようと思っても、わたしは裳着を済ませて以来ただの一度も殿方から文を受け取ったことがないのよ。それはつまり、わたしに姫としての魅力が乏しいからで……」

自分で言った言葉に落ち込み俯いていると、松尾が語気を強めて否定する。

「まさか、なにを仰います。文が届かないのは鈴音様のせいではございません」

「え……？」

「裳着の直後に立て続けに両親を亡くした姫のもとに、求婚の文を届けるような不躾《ぶしつけ》な公達などおりませんわ。皆様、凶事を避けるに決まっております。それに……」

一瞬、松尾は言い淀んだもののすぐに先を続けた。

「世の公達が妻を娶るのはすべてご自身の出世のためです。実家に財力も権力も持たない姫とあっては正妻に望む者はおりません」

「……っ」

「没落した宮家の姫がこの先生きていくには、財力だけが取り柄の受領の愛人となるか、浮き名を流す公達の恋の相手にでもなって援助を乞うより他に方法がないのです」

「……」

鈴音は言葉を失い、ただ呆然と松尾の顔を凝視していた。

これまでは宮家のお荷物になるようなら、尼寺《あまでら》に入り、あとは天音に任せようと単純に考えていたのだ。

「……お兄様はいずれ本当に、わたしを誰かの愛人にしようとお考えなのでしょうか」

誰からも文をもらわないうちに、いきなり男を通わせて愛人になるというのはさすがに強い抵抗がある。

ひどく落ち込む鈴音を見て、さすがに刺激が強すぎたと思ったのか、松尾は語調を和らげた。

「それは、わかりませんが……いずれそうなる可能性があるということです。私にははっきりとわかるのは、このままでは鈴音様や宮家の将来が危ぶまれるということ。下手をすればこの邸まで手放すことになりかねません」

「っ……それは駄目、だってお母様に宮家を守ると約束したもの」

「兎《と》にも角にもこうして先方から返事が届いた以上、この先の対応について私たちは考えねばなりません」

「ええ、そうね」

鈴音も気を取り直し、松尾に問いかけた。

「それで先方はなんと書いてきたの？」

「文によれば、あちら様はご自身の名代《みょうだい》として使者を遣わされるそうです」

「使者？　ご本人はおいでにならないの？」

「相手はご身分あるお方。恐らく軽はずみな行動は取れないのでしょう」

「それもそうね……」

頷いていると、松尾は文の内容をさらに告げた。

「使者の方は私とふたりきりで、今宵のうちに密会したいと望んでおります」

「え……だけど松尾は今からお兄様に付き添われて、右衛門少尉様のお邸へ移るのでしょう」

「はい。ですから今宵の密会は、鈴音様に応じていただきたいのです」

「わたしが……っ」

鈴音は声を詰まらせた。

姉とも慕う女房との別れの寂しさは、いまや驚きと不安に取って代わっていた。

「わたしひとりで使者の方とお会いするなんて、とても無理だわ。出来そうもない」

弱りきった顔でしばらく俯いていたが、やがて閃いたようにはっとして顔を上げる。

「そうだわ。こうなったからには、お兄様にも事情をお話しして」

「いいえ、それはなりません！」

松尾は血相を変えた。

松尾が相手に文を送ったのは、鈴音の身を第一に考えたからだった。それなのに事が上手く運ぶ前に天音に今回のことを知られでもしたら、きっと天音は私利私欲に走って、鈴音や宮家のことなど後回しにしてしまうだろう。松尾はそう考えていた。

そうならないためにも、今宵の密会で相手から何かしらの確約を得る必要があった。そのためには、極力この件から天音を遠ざけておく必要がある。下手に欲をかかれて相手に警戒されてしまっては元も子もないのだ。

黙り込む松尾を鈴音が心配そうに見ていると、それに気づいた松尾が言葉を選びながら訴えてくる。

「私が思うに……文の返事が来るまで、ひと月近く時を要しております。つまりあちら様には、すぐには動けない何らかの事情か、こちらに対する疑いがあるのかもしれません」

「言われてみれば……」

鈴音は松尾の意見に同調するように相づちを打つ。

「私としてはあちらの意向がはっきりとわかるまで、天音様にはこれまでと同様、真実を隠しておくべきかと存じます」

「そうね、確かに松尾の言う通りだわ」

疑うことを知らない鈴音は、まだ天音のことを信じていた。

受領の話を松尾に持ちかけたのも、きっと何かやむにやまれぬ事情があってのことだろう。

「あちらのご意向を伺わないうちに真実を告げては、結果次第でお兄様を傷つけてしまうことになりかねないわね」

「……ええ」

鈴音の考えと松尾の思惑はだいぶかけ離れてはいたが、ひとまず今宵の密会から天音を遠ざけておくことには成功したらしい。松尾は気を取り直したように、密会に備えてその手順を伝え始める。

「密会の場所は、私が私室として使っていた曹司《ぞうし》になります。いったん私は曹司に戻り、簡単に支度を調えておきます。あとは鈴音様にご用意していただくことになります」

「わかりました」

「何としても今宵の密会で、宮家への援助を承諾してもらうのですよ」

「はい……」

緊張の面持ちで、その他の手順について松尾から説明を受けていると、焦れた声と共に大きな足音が近づいてきた。

「鈴音、松尾！　別れの挨拶は済ませたか。そろそろ出立するぞ」

「っ……お兄様だわ」

松尾は持っていた文を鈴音の袿の衿に素早く差し入れる。

それと同時に御簾が大きくまくり上げられ、烏帽子に狩衣姿の天音が現れた。

「あ……っ」

鈴音が檜扇《ひおうぎ》を広げて顔を隠すと、天音が露骨に顔を顰めた。

「いまさら何だ。これから先は私たち兄妹だけで暮らしていくのだぞ。私の前でそのように体裁を取り繕《つくろ》う必要はない」

「……はい」

言われるまま檜扇を閉じると、天音は久しぶりに顔を合わせた妹の成長した姿に、無遠慮な眼差しを向けた。

「鈴音はまだ幼いと松尾から聞かされていたのだが……なかなかどうして。お前もいい加減、男を知ってもいい頃だ」

「あ、天音様！」

不穏な言葉に松尾が急いで水を差す。

「何だ？」

「私、部屋に忘れ物をしてきたようです。すぐに取って参りますから、しばらくお待ちいただいてもよろしいでしょうか」

「ああ、わかった。早くしろ」

小蠅《こばえ》を追い払う手つきで手をひらひらさせると、松尾は鈴音に目配せしてから部屋を出て行った。

松尾がいなくなると、天音は着ている狩衣を自慢げに見せつけた。

「鈴音、この狩衣をどう思う」

「無双織《むそうおり》に松立涌《まつたてわく》をあしらった見事な仕立てですね。新調されたのですか？」

「ああ」

鈴音の装束が粗末になるにつれ、天音の装束が贅《ぜい》を凝《こ》らしたものへと変わっていく。天音が何かにつけて鈴音の高価な装束を売り払い、代わりに仕立てさせているのだ。

以前、見かねた松尾が鈴音にばかり負担を強いているのではないかと天音に指摘をした時、彼は鈴音や他の女房がいる前で松尾を強く叱りつけた。

『私は鈴音と違い、宴に招かれる身だ！　私が人前でみすぼらしい格好をしては、宮家は落ちぶれたと笑われてしまう。そうなっては鈴音にますます求婚者が現れなくなるのだぞ！』

確かにもっともな言い分で、松尾はその場は渋々と引き下がっていたが、今にして思えばその時のことが尾を引いて、ふたりの不仲を決定的にしたように思う。

とはいえ、たとえ自分の兄と馬が合わなくても、鈴音にとって松尾は家族も同然だ。自分に何の力もないとわかっていても、天音と松尾のふたりだけは守ってやりたい。

「お待たせいたしました」

しばらくして松尾が戻ると、すべての望みを託すようにじっと鈴音の眼を見ながら別れの言葉が告げられた。

「鈴音様、どうかお体を大切に。いつか必ず、私は鈴音様のお側に戻って参ります」

「はい、必ずまた会いましょう」

いつまでも別れを惜しむふたりに業を煮やしたのか、天音が先んじて簀子に出た。

「行くぞ、松尾。ぐずぐずするな」

「……はい」

松尾は鈴音に譲られた袿の包みを胸にしかと抱くと、天音の後に続くようにして部屋を後にする。

「松尾、いつか必ずあなたを呼び戻します……」

御簾の側まで近づくと、鈴音は決意を口にしながら遠ざかる背中を見送った。その手は桂の衿の下の、松尾に託された文に添えられていた。


——鈴音が母の秘密を知ったのは亡くなる前日のことだった。

母である藤の君は、娘の裳着を見届けた後、病に倒れてしまった。

女は邸にいて何もしないと思われがちだが、正妻である北の方ともなると夫に代わって邸内の者たちに細かな指示を出したり、季節ごとに変わる夫や子供たちの装束などを徹夜で縫って用意することもある。

鈴音や藤の君付きの女房が、彼女の異変に気づいた時はすでに手遅れだった。

突然、倒れた藤の君は高熱を出し、父宮が取り寄せた高価な薬も、高僧に頼んだ加持祈《かじき》禱《とう》も一切効き目がなかった。高熱はいったん下がったものの、回復の兆しがないまま藤の君は日に日に痩せ細っていった。

わたしの裳着のせいで、お母様に無理をさせてしまったんだわ。

鈴音はそんな思いから、母の看護を人任せにせず、自ら率先して行った。

ある晩、松尾と共に鈴音が寝ずの番をしていると、ふいに意識が戻った藤の君が娘を枕元に呼び寄せた。

「……鈴音、恐らく私の病は治らないでしょう」

「そんな、お母様。どうか弱気なことを仰らないで」

鈴音が痩せて血管の浮き出た母の手を取ると、藤の君は力なく微笑んだ。

病床にあるというのに藤の君はやつれてもなお美しかった。自らの死を受け入れた穏やかな瞳は鈴音と同じ澄んだ色をしていた。

「まだ話せるうちに鈴音に打ち明けておきたいことがあります。できれば松尾も聞いておいてちょうだい」

血の気の失せた唇から紡がれる言葉は何とも儚い。鈴音と松尾は聞き逃すまいとして、息を潜めて耳を傾けた。

「天音は……父宮の子ではありません」

「っ……」

思ってもみなかった告白に鈴音ははっと息を呑む。背後で控えていた松尾からも驚く気配が伝わってきた。

「あの子は現大納言、藤原忠政様《ふじわらのただまさ》との間に生まれた子なのです」

鈴音は呆然としながら横たわる藤の君を見下ろしていた。

なぜ、どうして……。

頭に幾つもの疑問が浮かぶ。両親の仲睦まじさは娘である鈴音が一番よく知っている。それだけに、藤の君が父宮以外の殿方と子をもうけたという事実があまりに突拍子もなく、到底信じられるものではなかった。

天音が大納言の子ならば、藤の君は一時的にでも父宮を裏切っていたことになる。

いいえ、まさか……そんなはずがない。

千々に乱れる鈴音の心をよそに、藤の君の告白は続く。

「この先、私の身に何かあれば二階棚に置いてある螺鈿《らでん》の文箱を開きなさい」

鈴音は部屋の片隅に置いてある二段式の高脚棚をちらりと見た。

「文箱の中に大納言様に宛てた文を遺してあります」

こんな体の状態でいつ文を書いたのだろう。

鈴音が胸を詰まらせていると、藤の君は繋がれた手をそっと握り返してきた。

「その中に、天音が大納言様の息子である証を書いてあります。困った時にその文を届ければ、きっと大納言様は宮家の力になってくれるでしょう」

藤の君は弱々しい笑みを浮かべながら、鈴音を真っ直ぐに見据えた。

「父宮や天音のこと、よろしく頼みましたよ」

「はい、必ず……」

鈴音の返事に安堵したのか、藤の君はそのまま目を閉じると二度と意識を取り戻すことはなかった。

藤の君の法要が終わると、鈴音は松尾と共に藤の君が遺した文箱を開けた。

他人に宛てた文を読むのは気が引けたが、松尾に強く勧められ、躊躇いながらも文に目を通した。心の何処《どこ》かで母が大納言の子を宿すことになった経緯《いきさつ》を知りたいと思っていたのだ。

しかし実際に文を読んでみると、藤の君と大納言の過去については触れられておらず、代わりに書かれていたのは、天音の右腕には大納言と同じ痣《あざ》があること。そして、この先、宮家や天音が窮地《きゅうち》に陥るようなことがあれば助けて欲しいとの願いが綴《つづ》られていた。

結局、藤の君と大納言がどうして契るようなことになったのか、詳しいことはわからないままだ。

だが、その文を読み終えたとき、鈴音は今さらながら父宮と天音に血の繋がりがないことに納得がいった。

ふたりは不思議なくらい容姿や性格が反対で、父宮が線が細く内向的な人なら、天音は頑強で社交的な面を持っていた。

父宮は出仕よりも邸内で藤の君や子供たちと和歌を詠《よ》み合奏して過ごすことを好んでいたが、天音は幼い頃から何かにつけて如才《じょさい》がなく一日でも早く元服《げんぷく》して父宮より出世するのだと息巻いていた。

しかし、それだけ気性が違う息子でも父宮は疎んじることはなく、両親揃って息子と娘を等しく愛し育ててくれた。

常に穏やかな両親の愛情に包まれて育ったせいか、天音は元服する前までは、持って生まれた勝ち気な性分や時々傲慢にも見える振る舞いは鳴りを潜めていたように思う。

しかし、母宮に続き父宮を亡くした辺りから天音は少しずつ変わっていった。

常に打算的で身勝手な行いが目に付くようになった。いつも何かに飢えて落ち着きがなく、邸の者が何かでしくじるとすぐに激昂して、いつまでも詰《なじ》るような狭量さも見せた。

そんな天音の悪評を鈴音に知らせる者もいたが、鈴音は常に兄を庇い続けた。

——お兄様はお父様とお母様を亡くした寂しさから立ち直れていないだけなのです、と。

何故なら、両親を看取った鈴音にも思い当たる節があったからだ。藤の君の死後、寝付いてしまった父宮の姿を見るのはとくに辛かった。父宮は体を壊したというより、心を病んでいたからだ。次第に朝餉や夕餉をとらなくなり、藤の君の一周忌を前に亡くなってしまった。

鈴音自身、親を亡くした喪失感からしばらく立ち直れずにいた。それが思いのほか早く心の傷を癒すことができたのは、皮肉なことに宮家が没落して邸に人手が足りなくなっていたせいだ。松尾に反対されながらも、鈴音は邸の雑務をよく手伝い、ややもすると鬱《ふさ》ぎ込みがちな気分を、体を動かすことで何とか凌《しの》いだ。以前のように多くの女房に傅《かしず》かれ、部屋に引き籠もってばかりいてはこうはいかなかっただろう。

けれど、そんな辛い時、鈴音を支えてくれた松尾ももうこの邸にはいない。

鈴音は部屋を出ると簀子の側まで歩み寄り、暮れなずむ空の下、東対の庭をぼんやり眺めていた。

邸から下働きの者たちがいなくなり、今となっては庭に蔓延《はびこ》る草を抜く者もいない。萎《しお》れて茶色くなった花は地に落ちたまま土に還るときを待っている。

鈴音の部屋からは、荒廃していく庭の様子が嫌でも目に入る。

「……」

鈴音は目を閉じると、在りし日の庭を思い浮かべた。

母と娘を喜ばせるために父宮が造らせた、藤棚や躑躅《つつじ》などの花々は色鮮やかに咲き乱れ、四季を通じて見る者の眼を楽しませた。家人はそれぞれに得意な楽器を持ち寄って、庭を見ながらよく合奏したものだ。

それが今ではどうだろう……。

鈴音は瞼を開き、深いため息をつく。庭から聞こえてくるのは龍笛や和琴《わごん》の音色ではなく、雑草や灌木《かんぼく》の伸びきった枝葉を揺らす空しい風の音ばかりだ。

こうして荒れるに任せた庭園を眼の前にすると、宮家の行く末を見ているようで胸が苦しくなる。

「……鈴音」

ふいに天音の声がして、鈴音は物思いから醒めた。声がしたほうに顔を向けると、天音が寝殿に続く簀子の先から近づいてくるのが見える。

寝殿とは、敷地の中央に位置する主が住まう主殿のことで、そこを中心に簀子や渡殿《わたどの》が延びて鈴音がいる東対にも渡ることができた。父宮が亡くなってからは、天音が寝殿の母屋を引き継いでいる。

「お帰りなさい。松尾の様子はいかがでしたか？」

近づく兄に尋ねると、天音は何でもないことのように笑った。

「そう心配するな。どこの邸もちゃんとした女房を置きたがる。松尾は宮家に仕えていたということもあって、右衛門少尉殿の邸でも大事にされるだろう」

「良かった……」

鈴音がほっと胸を撫で下ろしていると、天音が思い出したように口を開く。

「ああ、そうだ。今宵はその右衛門少尉殿を招いて酒宴を開くことになった」

「酒宴？」

「私に龍笛の指南をしてほしいそうだ。良ければ鈴音を含め三人で合奏をしたいと思っているのだが」

突然の申し出に鈴音は戸惑ってしまう。確かに父宮がいた頃は客人を招いて御簾越しに合奏したこともある。だがそれは幼い頃から鈴音を可愛がってくれた顔見知りの人間ばかりだ。

「今宵から邸にふたりきりだ。合奏でもして邸の寂しさを紛らわせようではないか」

ああ、そうか。お兄様は松尾がいなくなったわたしを慰めようとしてくれているのだ。

兄の気遣いは有り難いが、今宵の鈴音には果たさなければならないことがある。

鈴音は心苦しく思いながら、仮病を使うことにした。

「ごめんなさい、お兄様。じつは朝から熱があるようで……」

その言葉に、天音は途端に不機嫌になる。

「和琴も弾けないほど具合が悪いと言うのか？」

「はい……」

兄に嘘をつく後ろめたさから、鈴音は俯いて目を合わすこともできない。すると天音は口の中で何かぶつぶつ言って、しきりに考えを巡らしている。

「まったく……これでは計画が……くそ……」

折角の厚意を無下にされて怒っていらっしゃるのだ。

鈴音はしゅんとしかけたが、密会のためにはどうしてもひとりでいる必要がある。

うまく行けば天音を喜ばせることができるのだからと鈴音は自分に言い聞かせ、心苦しく思いながらも宴に出ない訳を言い連ねた。

「このような状態で酒宴にお邪魔しても、まともに和琴を弾けそうにありません。そうなると右衛門少尉様の前でお兄様に恥をかかせてしまうことになります」

「……まあ、みっともない演奏を聴かせても、良い結果は生まれないだろうな」

天音は大袈裟にため息を吐くと、少し苛立った眼で鈴音を見下ろした。

「そんなに具合が悪いのなら大人しく部屋で寝ていろ。夜風に当たっては治るものも治らないだろう」

言葉は乱暴だが、妹の体を気遣っているのに違いない。

やっぱりお兄様は昔と変わらない。松尾もみんなも思い違いをしているだけなのだ。

鈴音は心苦しさと嬉しさを同時に抱きながら、兄を見つめて微笑んだ。

「ありがとう、お兄様」

「まあいい、合奏はまた今度にしよう。酒宴の支度や東対の戸締まりは私がしておくから、お前は気にせずさっさと休め」

「はい、お兄様」

天音は鈴音が部屋に戻るのを見届けると、次々と格子を下ろし、戸締まりをしてから寝殿へと戻って行った。

その夜――。

鈴音は御帳台《みちょうだい》の中で横になりながら、天音のいる寝殿の様子を窺っていた。

先ほどから龍笛の音がかすかに耳に届いている。ひとつは淀みなく演奏をしているが、遅れて聞こえる音色はお世辞にも上手とはいえない。

右衛門少尉様はいつまで習われるおつもりかしら……。

音色は時折途切れるものの、またしばらくすると演奏が始まる。いつ天音が気を変えて鈴音を合奏に呼び出さないかと気が気ではなかった。

けれどいくら待っても天音が東対に近づく気配はない。さすがに病人相手では合奏にならないと判断したらしい。

もう心配はなさそう……。

小一時間ほど経ってから鈴音は枕元に置いてあった手燭を持って、静かに御帳台を抜け出した。

手燭に使う蝋燭は天音に見咎められないようあらかじめ芯を短くしておいた。そのため小さな灯りは薄ぼんやりとして何とも頼りない。

蝋燭の炎は先ほどから鈴音の心中を見透かしたように不安げに揺れてばかりいる。

それでも行かなくては……。

松尾に託されたこの密会で事が上手く運べば、天音は強い後ろ盾を得られ、松尾のことも宮家に呼び戻せるかもしれない。

格子の下りた庇の間へ進むと、周囲を取り巻く闇が一層濃くなった気がした。

漆黒の闇の中では、鈴音が持つちっぽけな灯りなど無力だと言わんばかりに、微かな光がすぐに深い闇に呑まれかき消されてしまう。これでは遠くの方まで見通すことが出来ない。

今にも闇の奥から得体の知れない物《もの》の怪《け》が襲いかかってきそう……。

そんな埒《らち》もない考えが浮かぶと、足が竦んで先へ進むのを体が拒否してしまう。冬でもないのに背中に寒気まで感じはじめていた。

そもそも姫が女房の付き添いもなしに邸内をひとりで出歩くことなどあり得ない。けれど今宵ばかりはそんな常識を言ってもいられない。これから行う密会で天音や宮家の先行きが決まってしまうのだ。

「大丈夫、物の怪などいるはずがないわ」

鈴音は怖じ気づく心を何とか奮い立たせると、小袿の端を片手で握り締めながらふたたび足を踏み出した。

目指すは邸内の数カ所に設けられている、妻戸《つまど》と呼ばれる扉のひとつだ。

妻戸は両開きに開閉できて、外からの侵入を防ぐために夜は施錠することになっていた。つまりこの扉さえ開けておけば、使者はいつでも邸内に出入りすることができる。

途中、天井を走りまわる鼠《ねずみ》や家鳴りの音に体を震わせながら、それでも何とか目指す妻戸までたどり着くことができた。

「あら？」

妻戸に近づくと、不思議なことにすでに掛け金が外れていた。

「きっとお兄様が掛け忘れたんだわ」

鈴音に代わって戸締まりをしていた天音の姿を思い出し、さして疑問を持たないまま妻戸脇にある曹司へと入っていく。

狭い板の間に足を踏み入れると、部屋の片隅に几帳と円座《わろうだ》が置かれているのが見えた。松尾が今朝のうちに運び込んでくれたようだ。

鈴音は持っていた手燭を床の上に置くと、几帳を部屋の中央に立て、それを挟むようにして円座を用意した。

これで密会の場は調った。

鈴音はふたたび手燭を摑むと、几帳の裏に回り込み、円座の上に腰を下ろす。そうして膝のすぐ側に手燭を置いた。

さすがに兄たちの演奏はこの曹司までは届かず、無人の室内は怖いくらいに静まり返り、今は自分の息遣いや鼓動の音しか聞こえてこない。緊張のせいか、心の臓は忙《せわ》しなく脈打っている。

狭い部屋だというのに、芯の短い蝋燭の灯りだけでは隅々までを明るく照らすことはできなかった。わずかに鈴音の周囲だけを照らすぼんやりとした灯りは、かえって闇の濃淡を浮き彫りにしてしまう。

壁に映る自分の影を見つめながら、今から見ず知らずの使者とふたりきりで対面することを思うと深いため息が出た。

やはりわたしには荷が重すぎるわ……。

だからといって、暗く静かな曹司にいつまでも独りきりでいるのは心細い。すぐにでも使者と対面したいようなしたくないような、複雑な思いを抱えながら、鈴音はいつ訪れるともわからない使者の訪れを待っていた。

「そうだわ……」

落ち着かない気分を紛らわそうと、松尾に託された文を懐から取り出し燭台に近づける。そうしなければ、はっきりと字を読むこともできないのだ。

——今宵、主の名代として忍んで参ります。どうかお人払いを……朔夜《さくや》。

広げた文は唐草文様が刷り出された唐渡りの高級紙で、ほのかに白檀の薫りがする。

名は体を表すというように文にも同じことが言えて、使われる紙や書かれた筆跡などを見れば、ある程度その人となりや素性までも窺い知ることができた。

朔夜と名乗る使者の文字は、流麗でわずかに線が細く、そのくせ筆の運びが大胆なところがある。内容は実務的で素っ気ないものなのに、使われている紙にはちゃんと香まで焚きしめてある。

繊細なのに大胆。柔軟なのに屈しない。愛想がないようでいて細やかな気遣いがある。

「朔夜様……」

一体、どのようなお方だろう……。

文から伝わってくる相反する印象に、鈴音は強く興味を引かれていた。きっとこれが初めて目にする異性の文ということもあるのだろう。

鈴音も両親を亡くすまでは、他の姫たちと同じようにまだ見ぬ公達に思いを馳《は》せ、いつか自分にも絵物語に出てくるような素敵な公達から文が届くものだと信じて疑わなかった。

もしもこれが求婚の文であったら、どれほど胸がときめいただろう……。

使者の文字や紙から漂う白檀のほのかな薫りは、鈴音に束の間夢を見せる。そんな淡い空想に耽《ふけ》っていると、突然、几帳越しに声がかけられた。

「お待たせいたしました」

「……っ」

いつの間に訪れていたのだろう。

男の声は何とも涼やかでひどく艶めいていた。

あちらの名代となると、それなりに年を重ねた使者が差し向けられるものだと思い込んでいたが、この声から察するに鈴音とそう年が変わらないのかもしれない。

「そこにおられるのは松尾殿でしょうか」

几帳の上で烏帽子が傾ぐ。

「あ、いえ、わたしは……」

急いで返事をしようと身じろいだ時、手から文が滑り落ち、蝋燭の炎に文の端が触れてしまう。

「あっ……っ」

火はあっという間に燃え移り、黒い煙を立ち上らせながら少しずつ文を焦がしていく。

これまでの暗さが嘘のように部屋は明るくなっていた。

っ……どうしよう……！

鈴音は突然のことに声も出せず、ただ呆然と紅い炎に呑まれていく片手の文を眺めていた。

「失礼いたします」

鋭い声がして几帳が押し退けられると、鈴音の前に一陣の風を引き連れて、ひとりの男が現れた。

「……っ」

鈴音が目を瞠る間に、男は凛々しい表情を崩すことなく素早く文を手から取り上げると、烏帽子を脱いで文ごと床に打ちつけた。

文は叩かれる度、金粉のような火の粉を散らす。まるで鈴音と男の間を無数の蛍が飛び交っているようだ。

「……」

鈴音は瞬きするのも忘れ、眼前の光景に魅入っていた。とても俗世で起きていることとは思えない。

それくらい男の容貌は美しく、どこか浮き世離れして見えた。

整った鼻梁の上で揺れる乱れ髪。その漆黒の髪の隙間から覗き見える憂いを帯びた眼差しは、火の粉で黒真珠のように輝いている。

竜胆《りんどう》唐草模様をあしらった濃紺の狩衣を上品に着こなし、人を惑わす妖美な佇まいがある。もしや男は、物の怪か異形の類いではないかと疑ってしまうほどだ。

「申し訳ございません、文のほとんどが燃えてしまいました」

静かな声がして、牡丹《ぼたん》の花片《はなびら》ほどになった文を差し出される。

「……」

鈴音はまだどこか夢見心地のまま、男の手から文の欠片を受け取った。

燃え盛る炎を見て眼が眩《くら》んでしまったせいか、手燭の灯りだけに戻った室内がひどく暗く沈んで見える。

鈴音は烏帽子を脱いだままの男に気づき、慌てて頭を下げた。

「助けていただきありがとうございます。何処かお怪我をなさいませんでしたか？」

「私なら大丈夫です」

それを聞いて、ほっと息を吐く。自分の不始末のせいで男に火傷をさせては申し訳が立たない。

「ですが、間近で火を見たせいか、眼が眩んでしまったらしい」

男の片手が瞼に触れようとすると、狩衣の袖がふわりと持ち上がり、焼け焦げた紙の臭いに混じって白檀の薫りが漂った。

これは……文と同じ匂い……では、やはりこの方が……。

「朔夜様でいらっしゃいますか？」

「はい」

朔夜は浅く頷くと、感情の見えない深い眼差しで鈴音をじっと見つめてきた。

「貴女《あなた》が松尾殿ですか？」

「い、いいえ、わたしは鈴音と申します」

「鈴音？」

朔夜はすぐさま視線を外すと、曹司の入り口へ顔を向けた。

「では、松尾殿はどちらに？」

「それが……松尾はもうこの邸におりません。ですからわたしが松尾に代わって、お話を承ります」

「貴女が？」

「はい。わたしは藤の君の娘です」

「貴女が宮家の姫君？」

「はい」

頷くと、男は怪訝そうに眉を顰め、鈴音をじっと見据えてくる。

「ご冗談でしょう」

「え……」

　こんなに冷たい眼差しは、今まで誰からも向けられたことがない。男は視線ひとつで容易く鈴音を拒絶してしまう。

「貴女は確かに愛らしく、立ち居振る舞いも姫然とされているが、貴女が本物の宮家の姫であるはずがない」

「そんな……」

「松尾殿が何を考えているのかわからないが、文を出された本人に対応いただけないということであれば、今宵の密会も、書き送られた文の件も、すべて無かったことにしていただきたい」

　朔夜は一見穏やかで優しげな面差しをしているが、拒絶を示す双眸は凍てつく真冬の三日月のように鋭利で冷たい。

「あ、あの……」

　鈴音が狼狽えているあいだに、朔夜はさっさと話を切り上げ、この場から引き上げようとする。

「お、お待ちください！」

　鈴音は座り込んでいた腰を浮かべ、とっさに狩衣の裾を摑んだ。

「どうして朔夜様はわたしのことをそれほどまでにお疑いなのでしょう？」

するとと朔夜は足を止め、足もとに取り縋る鈴音の姿を冷淡に見下す。

「その手です」

「手？」

わけがわからず狩衣を摑む自分の手を見つめた。

「先ほど文を取り上げる際、私は貴女の手に触れた。そのとき気がついたのです。貴女の指がひどく荒れてかさついていることに」

「……っ」

「その指は労働を知る者の手だ。だから貴女が宮家の姫であるはずがない」

朔夜の視線が荒れた指に突き刺さる。鈴音は恥ずかしさのあまり、その手を背中に隠したくなった。

けれど、今ここでこの手を離せば朔夜が行ってしまう。

宮家や兄のためにもこの手を離すわけにはいかない。何としても朔夜の誤解を解かなくては……。

鈴音は覚悟を決めると、正直に打ち明けることにした。

「朔夜様はこの部屋に入られる際、宮家の中庭を通っていらっしゃったでしょうか？」

「ええ」

「それでしたら築地の壁が崩れかけ、庭が荒廃していることにお気づきになったはずです」

「だから、何だというのです？」

必死に言い募る鈴音を前にしても、朔夜の態度は依然厳しいままだ。

鈴音は一瞬怯んだが、無理に手を振り解かれることがなかったので、急いで話の穂を継いだ。

「両親を亡くし、新帝の御代に替わられてから、兄の天音は官位を得られず昇殿《しょうでん》することができません」

「……」

「十分な俸禄を頂戴することができなくなった宮家では、これまで仕えていた者たちを養うことが出来ず、仕方なく暇を出すことにしました。そのためわたしは女房の松尾と一緒になって邸の雑務をこなしておりました」

「では、姫みずからお端下《はした》仕事に従事していたというのですか？」

「はい」

これにはさすがに驚いたらしく、朔夜が息を呑むのが見えた。

貴族は大勢の人間に傅かれることが当たり前で、みずから着替えをしたり物を運んだりすることは滅多にない。

「松尾には随分反対されましたが、限られた人数で全てのことをこなすには、この邸は広すぎます」

鈴音の手荒れの原因を知り、朔夜の顔にもわずかだが同情するような表情が浮かぶ。

「では、松尾殿が先の文で援助を願い出たのは宮家の現状を憂《うれ》えてのことなのですね」

「はい」

涙がこみ上げそうになるが、何とか堪える。

決して自分の境遇を憐れんだからではない。宮家のためにそこまで考えてくれていた松尾の気持ちが嬉しかった。

「松尾は右衛門少尉様の邸へ勤め替えをすることが決まり、今朝方、宮家から去ってしまいました。そのため松尾ではなくわたしが参った次第です。ですからどうぞ、わたしをお疑いになって帰るなどと仰らないでくださいませ」

鈴音が潤んだ目で懇願すると、朔夜はしばらく考え込み、やがて足もとに転がっていた円座を引き寄せその上に座った。

「わかりました。これより先のことは鈴音様とお話しいたしましょう」

「ありがとうございます、朔夜様」

唇を綻ばせると、朔夜の目もともわずかに和らいだ気がした。朔夜は居住まいを正すと、鈴音の眼を見て言った。

「鈴音様、どうか私のことは朔夜とお呼びください。私はただの従者に過ぎません」

「え、従者？　どこかの公達でいらっしゃるのではないの？」

「はい」

鈴音は信じられない思いで、端座する朔夜の佇まいを見つめた。

これほどまでに気品があり所作も優雅な従者が果たして存在するのだろうか。朔夜の纏う雰囲気は貴族の子弟そのもので、従者というより公達と呼ぶほうが相応しい。

「私は松尾殿が文を出された大納言藤原忠政様の従者です。ですから、どうかそのように扱いください」

「そうですか……わかりました」

権勢を誇る大納言ともなれば、仕える従者も選りすぐりの者なのだろう。

納得したように頷くと、朔夜が話の先を続けた。

「松尾殿の文によれば、こちらに藤の君様が遺された大納言様宛ての文があるとか……」

そこまで言いかけて、朔夜ははっと目を見開いた。

「もしや先ほど灰になった紙が、その文なのでは？」

「い、いいえ、違います。母の文ならこちらに……」

衿元に隠し持っていた文を取り出すと、朔夜に急いで手渡した。

「手燭をお借りできますか」

「はい」

鈴音が手燭を渡すと、朔夜はそのわずかな灯りを頼りに文を検《あらた》めた。

「……確かに。この文に認《したた》められている内容は、大納言様から伺っていた話と一致します」

「では、大納言様はお兄様を実の子としてお認めになってくださるのですね」

鈴音が声を弾ませると、朔夜は静かに首を横に振った。

「いえ、残念ながらそれは難しいでしょう」

「え……っ」

「大納言様には正妻であられる北《きた》の方《かた》様のほかに、山吹《やまぶき》の君と呼ばれる愛妾がおられます」

淡々とした口振りで、朔夜が大納言家の内情を話してくれる。

「大納言様と北の方様の間には十七になる一の姫がいて、山吹の君にも十になる二の姫と八つの若君がおられます。今さら他家で育った息子を跡継ぎとして迎え入れるわけにもいかないでしょう」

「そんな……」

わずかな望みを抱いていただけに鈴音の落胆は大きい。

こうなると松尾の忠告に従って、出自の秘密や密会のことを天音に打ち明けなくて良かったと思う。

問題は、出世の望みが絶たれた兄のために、この先鈴音に何が出来るかということだ。姫の身分では松尾のように他家へ働きにでることもできない。かといって、今の鈴音には求婚してくるような公達もいない。

やはり尼寺に入るしか道が思いつかない……。

今後の身の振り方について考え込んでいると、よほど鈴音が落胆していると思ったのか、朔夜が気の毒そうに頭を下げてきた。

「お役に立てず申し訳ありません」

「そんな……朔夜のせいでは……」

弱々しく微笑んだ時、何かの物音がした。どうやら妻戸を開けて、誰かが中に入ろうとしているらしい。

「もしかして……」

鈴音が立ち上がると、朔夜が声を潜めて尋ねてくる。

「どうかしましたか？」

「兄がわたしの様子を見に来たのかもしれません。今宵は客人を招いて、それでわたしに」

話の途中で口を噤む。足音が曹司に向かって近づいてきたからだ。

「早く、几帳の陰に……」

朔夜が素早く身を隠すと同時に、曹司の襖が大きく開かれた。

「……っ」

てっきり天音かと思っていたら、そこに立っていたのは、赤地に金茶紋の狩衣を身に着けた見知らぬ公達だった。

「灯りが見えたので立ち寄ってみれば、まさかこんなところで麗しの姫とお会いできるとは……」

鈴音を凝視する眦《まなじり》は太眉の影に隠れ、口もとには下卑《げび》た笑みが浮かんでいる。

「まさか宮家の姫がこれほどまでの美姫だったとは……これまで噂にならなかったのが不思議なくらいだ」

「あ……っ」

鈴音は直接対面してしまったことに気づき、とっさに公達に背を向けた。

「ああ、驚かせてしまいましたかな」

「ど、どなたかは存じませんが、今すぐここから立ち去ってください」

「鈴音殿、そのようにつれないことを仰るな」

「どうしてわたしの名を……？」

公達は鈴音のもとに近づくと、猫撫で声で話しかけてきた。

「私は右衛門少尉。決して怪しい者ではございません」

右衛門少尉であれば天音の客人のはずだ。

「どうしてこちらに？　兄ならここにはおりません」

「ええ、わかっていますよ。鈴音殿がご病気と伺ってこうして見舞いに参ったのです」

「見舞い？　それでは兄もこちらに渡ってくるのですか？」

「ふふ、まさか……」

男は意味ありげに笑うと、鈴音の華奢な両肩に自分の手を置いた。

「さあ、鈴音殿の部屋に移動して、ふたりで朝まで語り合いましょう」

肩に芋虫のように太く短い指が食い込むのを見て、鈴音は体を強張らせた。

「お、お放しください」

腕を振り払おうとすると、それを見た右衛門少尉が不機嫌な声を出す。

「おや、私にそのような態度を取られてもよろしいのですか？　天音殿には一夜の見返りとして、すでに衣や米などをお渡ししているのですよ」

そんな……。

眼の前が暗くなった気がした。

松尾から愛人の話を聞かされてはいたが、まさか本当に天音がそのようなことをするとは思ってもみなかった。妹に身売りをさせなければならないほど、宮家の暮らしはどん底まで堕ちているのかもしれない。

あまりの驚愕と傷心に、その場で泣き崩れそうになる。それを何とか思い止まったのは、目の前に朔夜が隠れる几帳が在ったからだ。

そうだ、いまは落ち込んでいる場合ではない。何とかしてこの場を切り抜けないと……。

鈴音は公達のほうへわずかに顔を向けると、懇願するように言った。

「お話はわかりました、わたしで宜しければ、右衛門少尉様のお相手を務めさせていただきます」

「おお、そうか。では参ろう」

やに下がった顔で右衛門少尉が鈴音の手を取ろうとすると、鈴音はぱっとその手を引っ込めた。

「ですが今宵ではなく、できれば日をお改めください」

「なんだと?」

「本日は気分が優れず、とても務まりそうにないのです」

「ふざけるな!」

「きゃ……っ」

右衛門少尉は突然、鈴音を羽交い締めにした。

「な、何をなさるのですか。手をお放しください……っ」

「うるさい!　私より身分が上だからといって馬鹿にしているのか。宮家の姫だろうが、落ちぶれて男に縋るようになれば、身を売る白拍子《しらびょうし》と大して変わりない。さっさと脱いで私の相手をしろ!」

「いや……っ」

そのまま押し倒されそうになった時、几帳から垂れた帳《とばり》が揺れて、裏から狩衣を脱いだ朔夜が現れた。

「だ、誰だ……っ」

思わぬところから男が現れ、右衛門少尉の拘束が緩む。鈴音はその隙に腕を払って、朔夜の胸に飛び込んだ。

朔夜は震える体を片腕に引き寄せると、単に指貫袴《さしぬきばかま》という肌着同然の姿で艶然と笑って見せた。

「見ての通り今は立て込んでしまっている。悪いがご遠慮願おうか」

先ほどのぼや騒ぎで烏帽子が取れて髪が乱れてしまっているせいで、いかにも情事の最中に邪魔が入ってしまったように見える。

「な……なっ……」

右衛門少尉は絶句して、その場に立ち尽くしてしまった。

お願いだから早く立ち去って……。

朔夜の胸にしがみついてそう願っているのに、どういうわけか右衛門少尉は一向に立ち去ろうとしない。

「おや？　右衛門少尉殿は、覗きの趣味でもおありかな」

朔夜は動じないまま、鈴音の顎に手をかけて仰のかせたかと思うと、そのまま顔を近づけ唇を重ねてきた。

「ん……っ」

鈴音はふいの出来事に避ける間もなく、初めての口づけを奪われてしまう。熱を帯びた唇は、鈴音のしっとりした柔らかな唇を塞いだまま離れようとしない。

息が……苦しい……。

慣れない行為に思わず喘ぐと、わずかに開いた隙間から熱くぬるついたものが忍び込んできた。それが朔夜の舌だと気づいた頃には、口腔の至るところに舌が這わされ、くちゅりくちゅりと淫らな水音が立ち始める。

「あ……ふ、ぅ……」

こんな……こんなことって……。

鈴音は目を見開いたまま、朔夜の舌に口腔の粘膜を翻弄され続ける。羞恥よりも驚きが勝って何も反応できないまま、ただ喘ぐように息を継いでいた。

朔夜は鈴音の瞳を覗き込みながら口づけを続ける。

「ぅ……ん、っ……」

右衛門少尉はしばし呆然とふたりの姿に見とれていたが、やがて我に返ると顔を真っ赤にして怒鳴り散らした。

「な、なにが宮家の姫だ！　同時に複数の男を相手にするなど、ただの淫乱、雌犬ではないか！」

荒い足音が曹司から遠ざかって行くと、朔夜はようやく体を離した。脱ぎ捨てていた狩衣を取り素早く身に着けていく。

「……っ……」

荒ぶる胸を抑え、鈴音が呼吸を整えていると、ひどく冷静な問いかけが耳に届いた。

「今の暮らしから逃れたいとお思いですか？」

顔を上げると、漆黒の瞳が憐れむような眼差しでこちらを見ていることに気づいた。

その途端、鈴音の眼から涙が零れ落ちる。

確かに、以前の鈴音ならこのような惨めな目に遭うこともなかっただろう。両親を亡くしてみて、本当に辛いのは膳に事欠くことでも贅沢が出来ないことでもないと悟った。

日々の貧しさから人々が去り、心を歪めていくことが何よりも哀しい。

多くは要らない。けれど今のままでは、松尾を呼び戻すことも天音や宮家を守ることもできない。終いには右衛門少尉に言われたように、男に身を売って暮らしを立てていくことになるのだろう。

「わたしはこれ以上、何も失いたくありません」

朔夜はその答えを聞きながら、足もとで灯る手燭の光を目で追っていた。

「なぜ人は欲を持ち、今あるものに執着してしまうのでしょうか。すべてを諦め、手放してしまえばどれほど楽になるかわからないのに」

「朔夜……？」

その問いかけは、鈴音に向けたようにも朔夜自身に向けたようにも取れる。

「……」

朔夜はしばらくのあいだ炎の揺らぎを見つめていたが、やがて何かを決意したように、顔を上げた。

「鈴音様、私にしばらく猶予《ゆうよ》をいただけますか」

「え？」

「貴女の願う形とは異なることになるかもしれませんが……少なくとも今の状況からは抜け出すことができるでしょう」

「でも、大納言様はお兄様のことをお認めになってはくださらないのですよね？」

「残念ながら」

「では一体どうやって？」

「それは……まだわかりません。ですが、私から大納言様に掛け合ってみます」

「よろしいのですか？」

「ええ」

閉ざされた戸から光が射し込むように、鈴音の胸にわずかな希望が灯る。

朔夜はそっと掌を差し出してきた。

「そのためにも藤の君の書かれた文を私に預けてください。決して悪いようにはいたしません」

朔夜の意図はわからない。だが今の鈴音には、朔夜以外頼れる者がいなかった。

「……わかりました。どうかよろしくお願いいたします」

母の遺した文を朔夜の掌に置くと、朔夜は文ごと鈴音の手を摑んできた。

鈴音が息を吞んで身を固くしていると、朔夜の目線が鈴音の荒れた手に注がれる。

「私は貴女と似たような境遇の姫を知っている。その姫も、以前は身内のために自らを犠牲にしようとしていた」

哀しげな声の響きに、鈴音は胸が苦しくなった。

その方は一体どうなってしまわれたのだろう。

朔夜は鈴音の手の甲に顔を寄せながら言った。

「お願いがあります」

指先に朔夜の息がかかり、少しだけこそばゆい。

「あ……」

次の瞬間、かさついた指先に朔夜の唇が押し当てられていた。

「どうか今宵のことは私たちだけの秘密に……」

見た目に悪い指先に、躊躇なく口づける朔夜を見て、鈴音はこの男を信じてみようと思った。

「わかりました、今宵のことは決して誰にも言いません」

すると、鈴音の顔に黒い影が落ちてきて、唇の上を柔らかな感触が掠めた。

「……っ」

呆然としているあいだに、朔夜は烏帽子を脇に抱え、ここを訪れた時と同様に音もなく曹司から出て行った。

鈴音が我に返ったのは、妻戸の閉じる音が遠くに聞こえてからだった。

「あ……っ」

今になって朔夜に口づけられたことに気づき、顔が熱く火照ってしまう。

右衛門少尉を追い払うために激しく口づけられた時よりも、たった今、指先や唇にそっと触れられた時のほうが何倍も心を揺さぶられた。

おまけに鈴音はつい先ほどまで、朔夜に素顔を晒し続けたまま話をしていたのだ。

「あぁ……っ」

後悔と羞恥の念にいっぺんに襲われて、鈴音はたまらずその場に突っ伏した。

自分のしでかした愚かな振る舞いに、どこかへ消えてしまいたくなる。

「……っ」

身悶えするように何度も頭を振り、手燭を持ってその場から立ち上がり、急いで戸締まりをしてから自分の部屋を目指して歩き出す。

行きはあれほど遠くに思えた道のりが、今度は時を感じないほど近く短いように思えた。

第二章　大納言邸

密会から数日が経ったものの、あれ以来、朔夜からは何の音沙汰《おとさた》もない。

恐らく大納言に掛け合ってくれているだろうが、天音が実の子として認めてもらえない以上、大納言が表立って宮家の援助のために動くとは考えづらい。

鈴音は日が経つにつれ過度な期待を抱かなくなっていた。

幸いなことに、思い煩《わずら》う暇もないほど鈴音は邸の雑務に追われていた。宮家から松尾が去ってしまったので、すべてのことをひとりでこなさなければならない。

そうなると、広い邸内で兄妹が分かれて暮らすのは何かと不都合も多かった。

なにより右衛門少尉の一件以来、鈴音は眠れない日々を過ごしていた。いつまた右衛門少尉が夜這いをかけてこないとも限らない。鈴音は小さな物音にも敏感になってしまっていた。

本当にお兄様が右衛門少尉を手引きしたのかしら？　妻戸の掛け金が外れていたのもそのせい？

もの問いたげな妹の視線に天音も気づいているらしく、顔を合わせればふたりはどことなくぎくしゃくしていた。

だからといって鈴音のほうから右衛門少尉の一件を問い質《ただ》すわけにもいかない。

そのことを尋ねれば、天音から反対に、あの晩一緒にいた朔夜のことを問われかねない。

秘密にすると約束した以上、彼のことを話すわけにはいかなかった。

「鈴音、お前は私に何か話があるのではないか？」

意外にも、口火を切ったのは天音のほうだった。

突然、部屋に押しかけてきた天音は、妹の前にどかりと腰を下ろした。

「べつに何も……」

目を合わさないまま返事をすると、天音はむっとしたように指摘する。

「ほら、その態度。右衛門少尉との宴の日以来、お前は私と顔を合わそうとしないではないか」

「それは……」

鈴音が黙り込むと、天音は哀しげにため息をついた。

「たったふたりの兄妹ではないか。これから手を取り合って生きていかねばならないのに、お前にまで見捨てられては、私は本当に独りになってしまう」

「お兄様……」

項垂《うなだ》れる兄の姿に胸を痛め、ごめんなさいと謝った。

きっとあの晩のことは、何か深い事情があったに違いない。

「じつは酒宴の晩、東対に右衛門少尉様がおみえになったの」

「……」

天音は探るような眼で、鈴音の様子をじっと窺っている。

「そのとき右衛門少尉様がこう告げたのです。私との一夜の見返りに、お兄様に衣と米を渡してあると……」

いざ話し出すと、あの晩の恐怖と絶望がよみがえってきて声が震えた。

「も、もしも、それほどまでに生活が困窮しているのなら、どうかわたしを尼寺に行かせてください」

「馬鹿なことを言うな……っ」

天音は慌てふためいて、鈴音の前に身を乗り出すようにして言った。

「確かに私は右衛門少尉殿から米などを受け取った。だがそれは酒宴の手土産と聞かされたからだ。もしも右衛門少尉殿に下心があるとわかっていたら、そのようなものは決して受け取りはしなかっただろう」

「では、お兄様も何も聞かされてはいなかったのですね」

「当然だ」

やはり妻戸はただの掛け忘れだったのだ。こんなことなら早めに確認しておけば良かった。やはりお兄様はそのようなことをする人ではなかったのだ。

鈴音がほっとしていると、天音が真剣な眼で問いかけてきた。

「そんなことより鈴音、お前に確かめておきたいことがある」

「え……」

「その、右衛門少尉殿とお前は……」

「もちろん何もありません。わたしが嫌がると右衛門少尉様は帰られてしまいました」

「そうか……」

妹が襲われて未遂で済んだというのに、天音はどこか浮かない顔をしている。

「じつは右衛門少尉殿が、お前が他の公達と淫らな行為に耽っていたと言ってきてな」

「……っ」

「お前には、すでに契りを結ぶような相手がいるのか？」

「い、いいえ……まさか……」

首を振って否定すると、天音は安堵の表情を浮かべた。

「やはりそうであったか。右衛門少尉殿はお前に拒絶された腹いせに、私にそんなことを言ってきたのであろう」

「……」

朔夜の存在を話すわけにはいかず、鈴音は黙ったまま目を伏せていた。

「いいか、鈴音。お前はまだ若く器量も良い。いずれ相応しい相手が現れるだろう。だから尼寺に入るなどと言わず、私と一緒に宮家に留まってくれ。私にはお前しかいないのだ」

「お兄様……」

熱く語る天音の姿は、どう見ても妹想いの兄にしか見えない。

鈴音はこれを機に、天音のいる寝殿へ移ることにした。

行き違いとはいえ妹に怖い思いをさせたことを後悔しているらしく、天音は進んで寝殿の母屋の横にある塗籠《ぬりごめ》と呼ばれる部屋を鈴音に譲った。

塗籠は本来、邸の宝物を収納したり物置として使ったりする鍵のかかる部屋だが、中にあった高価な品は天音があらかた処分してしまったので、残ったものを隅に片付け、部屋に几帳や夜具を運び込めば、鈴音ひとりが寝起きするのに何の不自由もない。

そうして、邸に兄妹ふたりきりとなってから、天音もしばらくは配慮して外出を控えていたのだが、今宵は愛用の龍笛を手にどこかの宴へ招かれていった。

鈴音はその晩、陽が落ちる前に早々《はやばや》と格子を下ろして戸締まりをすると、塗籠に鍵をかけて部屋に閉じこもることにした。

起きていてもひとりでは怖ろしいし、早く寝てしまいたかった。

そう思って寝支度を始めた頃、外から慌ただしい足音が聞こえ、続いて寝殿の妻戸が激しく叩かれた。

まさか夜盗……？

聞き耳を立て、青ざめた顔で神経を張り詰めさせる。やがて馴染みのある声が外から聞こえてきた。

「おおい、鈴音！　早く開けてくれ！」

「お兄様？」

宴から戻るにしてはだいぶ早いが、鈴音は妻戸を開けるため急いで塗籠を出た。

「お兄様、どうなさったのですか？」

妻戸を開けるなり、天音は興奮した様子で声を張り上げた。

「いよいよ私にも運が開けてきたようだ！　今宵の宴で、大納言様の縁《ゆかり》の者と話をする機会に恵まれたのだ！」

「大納言様……」

一瞬、朔夜の姿が脳裏を過ぎる。

「宮家の出であるお前を、是非とも大納言家の姫君の話し相手として邸に招きたいと頼まれた」

「大納言家の姫君？」

そういえば朔夜が、大納言家には姫がいると言っていた。しかし鈴音は面識がない。それがどうして急に話し相手として呼ばれることになるのだろう。訝しんでいると、天音が説明を加えてくる。

「お前は知らないだろうが、大納言様には姫君がふたりいて、その一の姫である夜須子《やすこ》姫は公達の間で評判の美姫なのだ。皆こぞって夜須子姫に文を送っていたくらいだ」

鈴音は天音の言葉に何か引っかかるものを感じて、思わず聞き返した。

「あの、送っていたとは？　今は違うということですか？」

「ああ。じつは夜須子姫は裳着の後で病にお倒れになり、一時は持ち直したと噂も立ったが、どうやら快復はされていないらしい」

「お気の毒に……きっと大納言様もご心痛のことでしょう」

鈴音は、病に苦しんでいた母の姿を思い出してしまう。

「その話題が相手から出たとき、私は鈴音のことを話したのだ。うちの妹は母の看病を女房任せにせず、付き切りで世話をした心優しい姫なのだと。すると相手がその話にいたく感動して、ぜひ夜須子姫の話し相手として大納言邸に鈴音を招きたいと言ってきたのだ」

「話し相手？　看病ではなく？」

「ああ。夜須子姫の看病は普段女房が行っているそうだが、長患《ながわずら》いのせいで何かと塞ぎがちらしい。大納言様は、年の近い話し相手でもいれば、少しは夜須子姫の気も晴れるだろうとかねてよりお考えだったそうだ」

天音は鈴音の反応を見るように、いったん言葉を切ると、すぐにまた話し出した。

「だが姫であれば誰でも良いというわけではない。鈴音なら宮家育ちで教養もあり、両親の面倒をみていたくらいだから病に臥せる姫の気持ちも理解できるに違いないと、今回お呼びがかかったのだ」

外に立ったままでいた天音は妻戸から邸に入ると、鈴音の肩に手を置いて顔を覗き込むようにして言った。

「よいか、鈴音。これは私、いや宮家にとって願ってもない申し出なのだ」

「……」

「確かに以前の宮家であれば、お前に女房紛いのことはさせられないとすぐに断っていただろう。だが、あちらは鈴音が大納言邸にいるあいだ、宮家への援助を惜しまないと言ってくださっている。おまけにこちらの邸に下働きの者や女房まで貸し出してくださるそうだ」

「本当ですか？」

「ああ！」

天音はいつになく瞳を輝かせると、妹にさらに詰め寄った。

「お前が夜須子姫のお相手をして、病が少しでも快復すれば、きっと大納言様の心証も良くなり、いずれ私の後ろ盾になってくださるかもしれん」

そこまで聞いて、鈴音はあっと思い至った。

そうか、きっとこのことが朔夜の言っていたことなのだ。

天音を実子として迎え入れることができない代わりに、鈴音を夜須子の話し相手として大納言邸に招き、宮家との繋がりを作っておく。そうしておけば大納言家が今後、お礼と称して宮家や兄に特別な計らいをしても何の不思議もない。

世間から母と大納言の仲を詮索される恐れもなく、両者にとっては美談にもなる。きっと朔夜がそのように取り計らってくれたに違いない。

「どうだ、鈴音。この話を引き受けてくれるか？」

天音の問いに、鈴音は迷うことなく微笑んだ。

「はい、わたしでお役に立つことがあれば」

「おお、では急ぎ大納言家に文を出そう。鈴音、文台《ぶんだい》と硯箱《すずりばこ》の用意だ」

「はい」

鈴音は戸締まりを済ますと、喜々として寝殿へ向かう天音の後を追った。


それからは目まぐるしく日々が過ぎた。

天音が大納言家に文を出すと、その返事と一緒に大納言から使わされた女房や下働きの下男下女たちが宮家に移ってきた。

鈴音は女房たちを介し、宮家の雑務を下男下女たちにすべて引き継いだ。また同時に、自分が大納言邸へ逗留《とうりゅう》するための支度を進め、息つく暇もないほどだった。

それでも宮家や兄のために自分が役に立てると思うと、鈴音の心は明るい。

そうして出立の日を迎え、大納言邸から差し向けられた牛車に乗ると、天音との別れのため、鈴音は物見の小窓をそっと開いた。

「よいか、鈴音。あちらで信頼を得ることができたら、折を見て、大納言様に私の官位のことを頼むのだぞ」

物見窓からわずかに顔を覗かせる妹の顔を、天音は期待を込めた眼で見上げた。

「わかりました、そのようにしてみます。ですからお兄様も、どうか松尾を宮家に呼び戻してください」

「ああ、わかった」

鈴音を送り出す天音の顔はなんとも晴れやかだ。それだけ自分に期待を寄せているのかと思うと、心に使命感のようなものが湧き上がる。

やがて牛車は鈴音ひとりを乗せ、都の大路へと進み出した。

出立の際、物見窓から牛車に付き従う車副《くるまぞい》や下人たちに視線を走らせたが、同行者の中に朔夜の姿はなかった。

大納言邸でお会いしたら、お礼をお伝えしたい……。

そう思ううちに鈴音を乗せた牛車は堀河院《ほりかわ》へと進み、やがて大納言家の立派な表門をくぐると車宿りに到着した。

　すると、それを待ち構えていたように青竹《あおたけ》色の袿を着けた女房が近づいてくる。女房は人目を憚《はばか》るように辺りの様子を窺いながら、鈴音を寝殿から遠く離れた部屋へと案内した。

「ここでしばらくお待ちくださいませ」

　女房は御簾の中に鈴音を通すと、また慌ただしく部屋を出て行く。

　大納言邸に到着すれば、すぐに大納言や夜須子に挨拶ができるものと思っていたが、どうやらそういうわけでもないらしい。

　それに先ほどの女房の態度。何となくだが鈴音の訪れに困惑しているようなところがあった。手放しで歓迎をしているという雰囲気ではない。

　せめて事情を知っている朔夜と話がしたかった。

　長らくひとりで待たされていたが、ようやく簀子を渡る複数の足音が聞こえ、誰かがこちらの部屋に近づく気配がした。

「お待たせいたしました」

　先ほど鈴音を案内した青竹の女房が冠直衣《かんむりのうし》姿の壮年の男を伴って戻ってきた。

　直衣は従三位である中納言以上の身分の者が帝の勅許《ちょっきょ》を得て、出仕の際に身につけることができる装束だ。直衣にあしらわれた雲鶴《うんかく》は公卿や殿上人が好んで使う文様だった。

　御簾の前に恰幅の良い男が現れたとき、鈴音はすぐにその男が大納言だということに気がついた。

自信に満ち溢れた居住まいや眼差しは、天音と重なるところがある。

天音はまだ若く才気走りがちで、人によっては傲慢と捉え鼻につくこともあるだろう。だが、いずれ大納言のように長年の出仕で愛想笑いを培えば、その眦に深い皺を刻み人好きするような相貌へと変わっていくに違いない。

やはりお兄様は、大納言様の血を引いているのだわ……。

痣など確認しなくても、ふたりを見比べれば誰でもわかる。

やはり藤の君と大納言の間には男女としての仲があったのだ。これまで母でしかなかった藤の君の女の一面を見せられた気がして、鈴音は内心穏やかではなかった。

好々爺《こうこうや》然とした大納言からわずかに遅れ、蘇芳《すおう》の狩衣を纏った朔夜が入ってきた。朔夜はやはり、ただそこに居るだけでも、目を引くものがある。

朔夜は鈴音と顔を合わさないまま、大納言から少し離れたところに腰を下ろすと、青竹の女房を部屋からそっと遠ざける。

女房が出て行ったのを見届けると、三人だけとなった部屋に大納言の穏やかな声が響いた。

「昇殿していたため邸に戻るのが遅くなってしまった。長らくお待たせして申し訳ないことをした」

「いいえ、この度は宮家に特別なお計らいをいただき誠にありがとうございます。兄の天音に代わり厚く御礼申し上げます」

鈴音が御簾越しに頭を下げると、大納言は人好きのする笑顔を浮かべた。

「いやいや、鈴音殿。礼を言うのはこちらの方だ。夜須子のために無理な頼み事をしてすまない」

「いいえ、わたしに出来ることがありましたら、お力になりたいと思います」

「それは心強い！」

大納言は持っていた檜扇で自らの膝をぽんと叩いた。

「今後私が宮家に援助するにしても、何か良い口実がなければ世間から変に勘ぐられてしまうことになる」

「はい、お心遣い感謝いたします」

「……それにしても、鈴音殿の声は藤の君と良く似ておられるな。さぞや見目形もそっくりであろう」

好奇の視線が御簾越しにも感じられて、鈴音はわずかにはにかんだ。

「自分ではよくわかりませんが、以前仕えていた母付きの女房からは、年々面差しが似てくると言われたことはあります」

「そうであろう。藤の君は清らかでとても愛らしい方だった」

遠い昔に思いを馳せるように、大納言はしみじみと呟いた。それから何を思ったのか、思いがけないことを口にする。

「鈴音殿、失礼を承知で頼みたいことがあるのだが……。どうか年寄りの戯言《ざれごと》だと思って聞いて欲しい。一目なりとも私に姿を見せていただけないだろうか」

「え……っ」

突拍子も無い頼み事に、鈴音は御簾の外に聞こえるほどに大きく息を呑む。

鈴音の戸惑いを察したのか、大納言の後ろに控えていた朔夜が窘《たしな》めるように口を挟んだ。

「大納言様、鈴音様が困っておいでです」

「ああ、無礼なのは承知の上だ。だが、私にとって藤の君は、いまだ忘れ得ぬ初恋の方なのだ。その忘れ形見とあれば一目なりとも姿を見たいと思うのが必定《ひつじょう》。どうかな鈴音殿、この年寄りを哀れと思ってその御簾から出てきてはくれまいか」

大納言は鈴音の返事を待つように、そのままふっつりと黙り込んでしまった。

どうしよう……。

先日は思いがけない事態が起きて朔夜には素顔を見せてしまったが、大納言には自分の意思で姿を見せることになる。その場の勢いがないだけに、自ら礼儀を失する行為への後ろめたさと気恥ずかしさで心の臓が騒ぎ立つ。

「それほどまでに大納言様は、わたしの母を想っていらっしゃったのですか?」

「ああ……」

目頭を押さえるようにして、大納言はため息混じりに頷いた。

「何度も夢に藤の君を見て、衾《ふすま》を涙で濡らしたこともある。だが、年を取るごとにその面影が薄れていき、寂しく思っていたところだ。二度と藤の君に会うことはかなわないが、せめて鈴音殿の姿の中に藤の君の面影を探したいのだ」

しんみりとした声で訴えられると、鈴音は願いを断ることができなかった。

「わかりました。そこまで仰るのなら姿をお見せします」

「おお……」

感極まったように大納言が声を震わせる。

鈴音は御簾を出る前に思いきって申し出た。

「じつはわたしも、大納言様にお会いしたらお願いしたいことがありました」

「ん?　何かな?」

「よろしければ、わたしの母との経緯《いきさつ》をお教えいただけないでしょうか」

「私と藤の君の過去が気になるのかね？」

「はい。わたしの母と父宮はとても仲睦まじく、互いを想い合っておりました。そんな母がいつ大納言様とお心を交わすときがあったのか……それが不思議でならないのです」

絵物語の中でなら、ふたりの公達に愛される姫を羨ましく思うこともある。だがそれが、自分の母の身に起きたことだと思うと話は別だ。

母が父宮以外の人を愛したとは思いたくない。まして父宮を裏切って、仮初めにでも大納言に走ったのだとしたら母を恨んでしまいそうだ。

そんなふうに考えてしまうのは、わたしがまだ誰とも想いを交わしたことがないせいかしら……。

まだ恋を知らない鈴音にとって、ふたりの相手と心を通わし、子まで生《な》したということがどうしても理解できない。

鈴音にとっての恋とは、ひとりの人をただ一途に愛し、生涯尽くし抜くことだ。

果たしてふたりの男を同時に愛することができるのか。もしできたとしても、なぜ母と大納言が別れ、父宮と結ばれることになったのか、鈴音はそのわけが知りたかった。

鈴音が無言のままでいると大納言は嘆息を漏らし、辛い過去を思い返すように静かに語り始めた。

「あの頃、貴女の母君である藤の君はたいそうな美姫と評判で、求婚する者が後を絶たなかった。その求婚者の中に、私だけでなくあなたの父君もいらっしゃったのだ。だがある時、藤の君の父君が先帝のご不興を買い、妻子を京に置いたまま地方に追いやられることになってしまった」

確か祖父は鈴音が物心つく前に他界しており、鈴音にその記憶はない。鈴音は大納言の言葉にじっと耳を傾けた。

「やがて藤の君に求婚していた公達たちは己に累《るい》が及ぶのを恐れ、潮《しお》が引くように藤の君から去って行った。だが私と宮だけは違った。傷心の藤の君を想って競うようにして文や絵巻物などをお届けしてお慰めしていたのだ」

「では母は、大納言様と父宮のおふたりから同時にお心を寄せられていたのですね」

「ああ。しかし藤の君が選んだのはこの私だった」

意外な真実に思わず目を瞠った。

「ある夜、私と藤の君はそれぞれの想いを告げ、初めての契りを結んだ。そのまま三夜通い続け、私は藤の君を北の方として娶《めと》るつもりでいた。だが……」

穏やかだった大納言の顔が暗澹《あんたん》とした面持ちに変わる。

「藤の君とのことに反対していた家族の者に見咎められ、私は三日目の晩から邸に閉じ込められてしまったのだ。数ヶ月が過ぎ、ようやく外に出ることが許された時には風の噂であなたの父君が藤の君を娶られたことを知った」

そう言い、肩を落とした大納言の姿はとても小さく見える。声まで張りを無くしたようだ。

「藤の君はきっと、突然通わなくなった薄情な私に愛想を尽かし、宮との恋に走られたのであろう」

お母様なら、好きな相手のことを一途に待ち続けそうなものだけれど……。

大納言の話は鈴音の知る母の印象とはかけ離れていたが、当事者がそう語っているのだからそういう面もあったのかもしれない。

「以来、私は失意の日々を送っていた。やがて親の勧めで今の北の方を娶り、私と藤の君は別々の道を歩むことになってしまった。だが、まさかあの時に私の子を宿していたとは露知らず……」

涙を拭うためか、大納言は檜扇で顔を隠すと片手で目頭を押さえ続けていた。

一度は愛し合いながら添い遂げることの出来なかった藤の君と大納言。そのとき傷ついた母の心を癒やし、傍にいてくれたのが父宮だったのだ。

お父様はお兄様が実の子ではないと知っていたのかしら……。

確かめようにも、ふたりはすでにこの世にいない。

檜扇を下ろした大納言は力なく頭を振った。

「私が父の命に逆らえなかったばかりに、藤の君には辛い思いをさせてしまった。すでに跡継ぎのいる立場では容易に天音を大納言家に迎え入れるわけにもいかないが、せめて父と名乗れぬ罪滅ぼしに、鈴音殿を介して宮家に援助したいと思っているのだ。だからどうか、私のことを赦《ゆる》し……っ」

苦しげに声を詰まらせた大納言を見て、鈴音はこれ以上、詮索をするのは止めた。

過去はどうあれ、母は父を愛していたし、父もまた深く母を愛していた。その事実があれば十分だ。

「辛いお話を打ち明けていただきありがとうございます。母が父宮を裏切ったわけではないとわかり安心いたしました。それに母は、大納言様のことを恨んではいなかったと思います。だからこそ母は、大納言様に文を遺されたのですわ」

鈴音は御簾に手を掛けると、目を伏せたまま大納言の前に姿を現した。

「おお……っ……これほどまでに藤の君と似ているとは……何と愛らしい姫君だろう。なあ、朔夜」

「はい」

振り返った大納言の肩越しに、鈴音を見つめる眼差しがある。朔夜の視線が自分に注がれていると思うと、鈴音の頬は羞恥に赤く染まった。

とっさに顔を檜扇で隠すと、その場に腰を下ろして話題を変えた。

「ご縁があってこちらの邸に参りました以上、ご病気の夜須子姫に少しでも元気になっていただけるよう努めて参りたいと思います」

「いやいや、そこまで畏《かしこ》まらず、鈴音殿は当家の客人としてゆっくり過ごされるといい」

「ですが、夜須子姫は病に臥せられ、大納言様もご心配なさっていると兄から伺っております」

「あ、ああ……それはそうだが……」

大納言の眼がわずかに泳ぎ、少しだけ落ち着きがなくなる。

鈴音は不思議に思いながら、大納言に尋ねた。

「それでいつ、夜須子姫にお会いすることができるのでしょう？」

「そのことだが……」

大納言が何かを言いかけたとき、朔夜が鋭い声を上げた。

「お待ちください、大納言様」

「どうした朔夜？」

朔夜は片足を立てて簀子のほうへ体を向けると、外の様子に耳をそばだてた。

「……誰かがこちらに近づいてくるようです」

その時ようやく、鈴音たちの耳にも簀子を駆ける忙しい足音が聞こえてきた。

「お、お、お知らせいたします！」

青竹の女房が息を切らし、顔面蒼白となって庇の間でひれ伏した。

「一体、何事だ」

会話を中断された大納言は露骨に嫌な顔をする。

「そ、それが北の方様が」

「北の方……！」

いち早く反応したのは朔夜だった。素早い身のこなしで鈴音のもとに駆け寄ると、御簾を巻き上げ、もう片方の手で鈴音の腕を取った。

「さあ、早くこの中へ」

「え……」

わけがわからず戸惑っていると、庇の間にいた青竹の女房が誰かを押し止めるために簀子へ走り出た。

「お待ちください、北の方様！」

「ええい、放せ！」

「なりません、北の方様！」

大納言はその場に座ったまま、険しい表情を覗かせる。

「早く御簾の中に入るのです」

朔夜は自分の体ごと鈴音を押しやると、素早く御簾を下ろした。飛び込んだ勢いで、朔夜に背後から抱かれたように横倒しになる。わずかに身を起こすと、御簾の中に白檀の薫りがほのかに漂う。

「朔夜……」

「し、お静かに」

やがて女房の制止を振り切って、全身から怒りを滲ませた見知らぬ女が、髪を振り乱して部屋の中へと飛び込んできた。ここに来るまでに、追っ手を振り切ろうと袿を脱ぎ捨ててきたのか、重ねた衣の数が足りない。

女の眼窩《がんか》はひどく落ち窪《くぼ》んでいたが、眼だけは爛々《らんらん》と光り、御簾の中を激しく睨み付けている。さながら鬼女の様相だ。

あまりに異様な女の姿に、鈴音はひっと息を呑んだ。

「忠政様！」

髪を振り乱した妙齢の女は、御簾を指さしながら大納言に詰め寄った。

「私を出家に追いやり山吹の君を北の方に据えようとするばかりか、今度は新しい愛人まで邸に招き入れるおつもりですか！」

「一体、何の話だ」

「おほほ、とぼけても無駄です。このところ私に隠れて何やら画策されていたようですが、この邸には私に味方する者も大勢いるのですよ。その御簾の内に若い女がいるのはわかっております」

「それは誤解だ。ここにいるのは私の愛人などではない。それどころか夜須子のために」

「おほほほほ……っ」

甲走《かんばし》った哄笑《こうしょう》が大納言の言葉を遮り、鈴音に本能的な嫌悪感を抱かせた。

「それは不思議な話ですね。忠政様が夜須子のために何かなされるなど、あるはずがありませんわ。誰よりも夜須子の死を望んでおいでのくせに……それとも今になって、娘に情が湧いたとでも言うのですか」

「ではお前は夜須子を不幸にしていないと言い張るのか」

大納言は吐き捨てるように呟くと、顔を険しくしたままふっつりと黙り込んでしまう。

鈴音は張り詰めた空気を感じ、御簾越しに大納言と女の顔を見比べていた。

今の話の流れで行くと、目の前の方が大納言様の正妻、北の方様のはず。だとすればどうしてこのように険悪な雰囲気になっているのだろう。それに気になるのは、夜須子姫のことでふたりが詰《なじ》り合っていたことだ。

固唾《かたず》を呑んで様子を見守っていると、朔夜が庇うように鈴音の肩を抱き寄せた。そうすると朔夜の胸に頬が当たって、早鐘を打つ鼓動の音が微かに伝わってくる。鈴音はますます息を詰めた。

「忠政様は私から娘を取り上げたばかりか、夜須子をわざと病にしてそのまま殺してしまうおつもりでしょう」

「何を馬鹿な……夜須子が病に伏せることになったのは、全部お前の軽はずみな行いのせいではないか！」

責める大納言の言葉には耳を貸さず、北の方は虚空を見つめ、おほほと笑った。

「夜須子は私に似て美しいだけでなく、類い稀《まれ》な才にも恵まれております。あの子はいずれ帝の女御《にょうご》となり女の栄華を極めるのです」

「病の姫を帝に入内《じゅだい》させるなど畏れ多いこと！　お前はやはり気が触れているのだ！」

「いいえ、私は狂ってなどおりません！」

北の方はそう叫ぶなり、隠し持っていた短刀を取り出した。

「私は絶対に出家などしない！　我が夫を誑《たぶら》かすような女狐は、この私が退治してくれる！」

抜き取られた短刀の鞘が床の上に転がる。白銀の刃は北の方の狂気を宿すように、鈍色《にびいろ》に光っていた。

「さあ、女狐。そこから出て姿を見せなさい」

何かに憑かれたように、北の方は真っ直ぐに御簾の方へと近づいてくる。

大納言や青竹の女房は、引き止めたくても、その手に光る白刃が怖ろしくて迂闊《うかつ》には手が出せないようだった。

鈴音は身を震わせながら、無意識のうちに朔夜に身を寄せていた。朔夜は華奢な体を強く抱き締めると、その場に似合わぬ落ち着いた声で囁いた。

「私が北の方をここから連れ出します。鈴音様は何があってもこの場に留まり、じっとしていてください」

「でも、相手は短刀を持っているのですよ」

「私のことは心配なさらずに」

朔夜は艶然と微笑みかけると、すぐに御簾を出て、間近に迫る北の方の前にすっと進み出た。

「どうかお静まりください」

「お、お前は……っ」

北の方は朔夜の姿を認めた途端、振り上げていた刃を下ろし、驚きに目を瞠っていた。

「これはどういうことなのです？　まさかお前まで忠政様と一緒になって、この私を邸から追い出すつもりですか」

「そのお話はお部屋に戻ってからにしましょう。ここで騒ぎを大きくしては事情を知らぬ女房や下人まで集まってしまいます。どうか不用意な発言はお控えください」

「わ、私に命令するつもりなの！」

「まさか……お願いしているだけですよ」

激昂する北の方を前にしても、朔夜は冷静さを失わない。

「さあ、参りましょう」

朔夜は抵抗する北の方の腕を捻り上げて短刀を取り上げると、それを大納言に手渡した。

「返せ、私の短刀を返せ！」

暴れる北の方に大納言が白い目を向ける。

「正気に戻ったらちゃんと返してやろう」

「嫌よ、今すぐ返して！」

朔夜は北の方の体を羽交い締めにすると、よく通る声で諭すように告げた。

「お静まりください、北の方様。私が後で必ず短刀をお持ちいたします」

すると北の方は童のようにそっぽを向き、唇を尖らせた。

「お前は嫌、夜須子がいい」

「わかりました、夜須子に持たせます」

それを聞いた北の方は急に抵抗を止め、駆けつけた青竹の女房と朔夜に、両側から支えられるようにして部屋から出て行ってしまった。

「すまない、鈴音殿。話はまた改めていたそう」

大納言は落ちていた鞘に抜き身の短刀を収めると、朔夜たちの後に続くようにして鈴音をひとり部屋に残して去ってしまった。


朔夜はお付きの女房たちに北の方を引き渡すと、簀子に仁王立ちになって苛々と檜扇を開け閉めしている大納言のもとへ戻った。

大納言は先に歩き出すと、朔夜が隣に並ぶのを待って話しかけた。

「あれはひどくなる一方だな」

「……夜須子がいなくなれば自分の身も危ういと感じているのでしょう」

「こんな事態になったのも、元はと言えば北の方の暴挙のせいではないか。尼寺行きは自業自得、世間の目さえなければとっくに追い出しているところだ」

よほど腹に据えかねているのか、大納言は簀子沿いの高欄の柱を檜扇で叩きながら歩いている。

「それで宮家の姫はいかがでしたか。その為にあのような大袈裟な芝居までして、わざわざ容姿を確かめたのでしょう」

不満を募らせていた大納言は立ち止まると、一変してにこやかな笑みを見せた。

「あれは確かに良い拾いものだ。例の計画に丁度良いではないか」

「ですが……よろしいのですか？　あの姫はかつての愛人の娘なのでしょう」

すると大納言は意味ありげな視線を朔夜に投げた。

「違うのですか」

朔夜は怪訝な表情を浮かべたが、大納言から見るといつもの無表情な顔に見える。大納言は気にすることなく話を続けた。

「藤の君が選んだのは、私ではなく宮だ」

「……では、あの話は？」

「半分真《まこと》、半分偽りというところだな」

「どういう意味です？」

朔夜は今度こそはっきりと眉を顰めた。

「ある時、私は先帝から呼び出され、宮と藤の君の仲を裂くよう言い渡された。自らが罰した貴族の娘を宮中に迎えるわけにはいかないからな。それゆえ私は藤の君のところへ強引に忍び込み、契りを結んだまでのこと」

「ですがなぜ二夜も通い続けたのです。ふたりの仲を引き裂くだけなら一夜だけで事足りたはず」

するど大納言は自嘲ぎみに笑い、遠くの庭木を見つめるように目を細めた。

「先帝の無茶な依頼を引き受けたのは、私ではなく宮を選んだ藤の君への怒りもあったからだ。ふたりはとっくに深い仲になっていると思っていたが、いざ藤の君と事に及ぶと藤の君はまだ男を知らない清い体であった。そうなると私にも欲が出る。このまま藤の君を宮から奪ってしまおうと二夜通った」

「ですが三夜目はなかったのでしょう？」

「当然だ。時の帝の不興を買った娘を妻に娶って何になる。それに私には、出世を前提とした北の方との縁談が決まっていた」

「……」

朔夜は黙って大納言を見据えた。

「何か言いたげだな」

「……いえ」

大納言はふんと鼻を鳴らすと、朔夜に一歩近づいて声を潜めた。

そこには鈴音に見せていた好々爺然とした雰囲気はなく、手段を選ばぬ策士家としての本性を覗かせていた。

「所詮人など己の私欲だけで動くもの。夜須子や北の方の件を片付けない限り、お前にも次の道はないのだぞ。わかっているのか」

「ええ」

「では数日のうちに姫に近づき、あの姫が我々にとって本当に有益かどうか確かめろ。身代わりを務めさせるには、穢《けが》れがなく口が固い姫でなくてはならない。上手く事を運ばねば我々の身は破滅だぞ」

「……仰せの通りに」

淡々と朔夜が応じると、大納言はひとりでその場を離れた。

結局、夜になっても朔夜たちが戻る気配はなく、鈴音は大納言邸での初めて夜を不安のままに過ごすこととなった。

青竹の女房が鈴音の世話を任されているらしいが、言葉少なに就寝の支度を調えるとすぐに部屋から退がっていってしまう。

何でも節約していた宮家とは違い、鈴音のために用意された室内には高燈台《たかとうだい》の灯りが煌々と灯されていた。

暗闇に怯える不安はこれで解消されたものの、鈴音に用意された部屋は特に人気《ひとけ》の無い一角にあるのか、ひっそりと静まり返って孤独を感じさせる。

知らない場所、それもあんな事があった後で独りきりでいるのは何とも心細い。

それに、もしまた北の方が押しかけてきたらと思うと、つい神経が高ぶって落ち着きをなくしてしまう。

あれほどまで露骨な敵意を鈴音はこれまで誰かに向けたことも受けたこともない。

憎悪に満ちた北の方の表情は悪鬼のようにおぞましかった。この部屋のどこかに放たれた怨念が残されている気がして、鈴音は目に見えぬ気配に怯えて何度も振り返ってしまう。

「こんな時、松尾がいてくれたら……」

不安と心細さから涙が溢れそうになっていると、ふいに誰かの気配を感じた。

「だ、誰？」

几帳の陰で怯えていると、御簾の向こうから覚えのある声が響いてきた。

「朔夜です。少しお邪魔してもよろしいですか」

「はい」

鈴音はほっと息を吐き、几帳から御簾の前へと移動する。

「どうなさったのですか？」

朔夜は鈴音の近くへ寄ると、その場に腰を下ろした。

「夜分に申し訳ございません。昼にあのような騒ぎが起こりましたので、もしや鈴音様が怖い思いをされているのではないかと様子を窺いに参りました。それとこれを……」

朔夜が差し出してきたのは、碧紫の立浪草《たつなみそう》が添えられた文だった。

「まあ、綺麗……」

「もしもお休みになられているようなら、この文を置いていくつもりでした」

「ありがとう」

相変わらず朔夜の表情や声は淡々として、その感情まで摑むことはできないが、鈴音を気遣う優しい声音に、先ほどまでの緊張と不安が解けていくのを感じた。

「あの方は本当に大納言様の北の方様でいらっしゃるのですか？」

「ええ」

「ですが……」

鈴音は言葉を詰まらせた。あの姿はどう見ても尋常ではなかった。心を病んでいるとしか思えない。

「もしや夜須子姫の病状を心配されるあまり、あのような病を患ってしまわれたのでしょうか？」

「まさか……」

朔夜は一笑に付すと、平然と言った。

「北の方様はとっくに狂っていた。ただ、周りがそうと気づけなかっただけです」

あまりに平然と朔夜が言ってのけるので、鈴音は内心驚いた。

朔夜は、仕える側の人間にしては、大納言や北の方にどこか対等に振る舞うようなところがある。もちろん本人がいる前ではそんな態度は見せないだろうが、それだけ朔夜は大納言家から信任が厚いということなのかもしれない。

「鈴音様には、大納言家の事情を説明しておいたほうが良さそうですね」

独りごちるように、朔夜は淡々と話し出した。

「大納言様の出世の足掛かりとなったのは、北の方様のご実家の力添えによるものです。しかし大納言様が順調に出世を果たすにつれ、北の方様のご実家の役割は薄れ、夫婦仲も冷え切ったものに変わっていきました。大納言様も世の貴族同様、数多《あまた》の女たちと浮き名を流すようになったのです。そのため北の方様は、夫の関心をふたたび得ようと画策されました」

そう語る朔夜の表情はどこか陰鬱《いんうつ》で、暗い穴にでも沈み込んでいくようだ。

「稀《まれ》に大納言様が北の方様のもとを訪れて一夜を共にするようなことがあれば、北の方様は決まって堀川の七条北にある市比賣《いちひめ》社に姫君誕生を祈願していたそうです」

市比賣社とは、皇后の御崇敬《すうけい》も篤い女人守護で有名な寺だ。

貴族にとっての理想は一姫二太郎。まず第一子に姫君の誕生を望む者が多い。

なぜなら姫君が誕生すると、有力貴族はこぞって時の東宮や帝に入内させ、縁戚関係を結ぼうとする。その姫が帝の寵愛を受け、次代の帝となる東宮を授かるようなことになれば己の地位は安泰、権力も不動のものとなるからだ。

当然、そんな姫君を産み育てた妻は邸で最も権力を持つことになる。たとえ夫が愛人に走ろうとも完全に打ち捨てられるようなことはない。

「北の方様はどの女たちよりも優位に立ちたいという一念で、大納言様の一の姫となる夜須子様を懐妊出産され、夜離《よが》れがちだった大納言様の足をふたたび婚家へと取り戻しました。そうして大納言様は夜須子様のためにこの邸を落成され、その際に北の方様だけを女主人として邸内に置いたのです。恐らく北の方様にとってこの時が最も栄華を誇られていたでしょう。ですがそれも夜須子様が病に倒れるまでのこと」

朔夜はため息ともつかない息を吐くと、遠くを見るような眼差しをした。

「いまや大納言様のお気持ちは完全に離れ、北の方様も、こうなった元凶はすべて夜須子様にあると我が子を憎むようになりました」

「そんな……」

母親に恨まれる夜須子の気持ちを思うと胸が苦しくなる。鈴音は無意識に自分の胸に手を置いていた。

「元々、北の方様は気位が高く、感情の起伏が激しいお方。次第に、大納言様の寵愛を受ける他の女や女房たちに様々な嫌がらせを行うようになりました。やがてそのことが大納言様の耳に入り、大納言様は北の方様の身柄を尼寺に移し、正妻としての地位を廃した上で、ゆくゆくは山吹の君を新たな北の方様として邸内に招くと宣言なさったのです」

「それで北の方様は、あんなにも取り乱していらっしゃったのですね」

正妻が愛人たちに嫉妬して蛮行に走る。

その一端を昼に見せられたばかりの鈴音には、同情よりも怯えが先立つ。それでも女として顧みられない寂しさは、誰からも文が届いたことのない鈴音にも少しだけわかるような気がした。

「ですが、北の方様が尼寺に入るのを嫌がられているのは、そのお立場だけでなく、やはり母として夜須子姫のお体を案じているからではないでしょうか。男女の機微についてはわかりませんが、母が子を思い、子が母を慕う気持ちは理解できます」

「それは大きな間違いですよ」

ぞっとするような凍てつく声が鈴音の言葉を否定した。

「すべての子が親に愛されて育つとは限りません」

「……っ」

真冬の風がまだ暖かく感じられるほど、鈴音に向けられた朔夜の眼差しは冷ややかだ。

「いまの夜須子は、大納言や北の方にとって何の価値もない存在なのです」

朔夜は大納言家すべての者をあざ笑うように言った。いつの間にか呼び方まで変わってしまっていることに朔夜自身は気づいているのだろうか。

「そんな、価値がないなんて……皆様が何と仰っているのかは存じませんが、きっとお心の内では、夜須子姫のことを思われているに違いありません」

鈴音がそう思うのは、自分が確かに両親に愛され、血の繋がりのない天音も等しく愛情が注がれてきたのを見てきたからだ。血の繋がった親子でも喧嘩をすることもあるし、馬が合わないこともあるだろう。だからといって、価値のあるなしで我が子を判断する親がいるだろうか。

しかし朔夜は唇に薄笑いを浮かべ、冷たく言い放った。

「貴女がどう思おうと、夜須子は北の方にとって夫の気を引く道具であり、大納言にとってはただの出世の布石《ふせき》。それ以上でもそれ以下でもない」

「そんな……わたしには理解できません……」

「ええ、そうでしょう。きっと貴女の母君は情が深く、菩薩《ぼさつ》のように慈愛に満ちたお方だったのでしょうね」

呟く声が寂しげに空に溶ける。鈴音は悲しい気持ちになって、胸にあった手をぱたりと膝の上に戻して黙り込んだ。

「……」

さすがに気まずい空気を感じ取ったのか、朔夜がわざと調子を変えるように明るい声で問いかけてきた。

「ところで鈴音様は、もうお休みになりますか？」

「え……」

「よろしければ気晴らしに外にでも出てみませんか？　寝殿の庭ほどではありませんが、こちらの部屋の裏手にも趣向を凝らした坪庭《つぼにわ》があるのですよ。もちろんお疲れのようなら、私はこのまま退散いたします」

鈴音はわずかに躊躇する。だが、このままの状態でひとりにされても、とても寝付けそうにない。それにまだ朔夜には、大納言に口添えしてもらった礼も、昼間庇ってもらった礼すらも伝えられていない。

「はい。是非お庭を案内してください」

「わかりました。では、参りましょう」

鈴音は寝支度だった小袖と張袴《はりばかま》の上に急いで小袿だけを羽織ると、檜扇で顔を覆いながら御簾を出た。

さっきは深い事情も知らないで、言い返したりして気を悪くされなかったかしら。

すっと立ち上がる朔夜を扇越しに見ていると、朔夜はその視線に気づいたように艶やかな笑みを返してきた。

「……っ」

朔夜の表情にはいつも大きな変化がないだけに、わずかな違いがひどく鮮やかに映る。

その凜々しく引き結ばれた唇を見ていると、それが重なったあの夜のことを思い出して、鈴音は妙にどぎまぎしてしまう。

「参りましょう」

「は、はい……」

朔夜に案内されて妻戸から外に出ると、少し欠けてきた十六夜月《いざよい》が鈴音たちの姿を青白く照らしていた。その淡い光は、建物のすぐ脇にある坪庭へと続く敷石《しきいし》も照らしている。

そこから奥へ進むと囲いがされた空間があり、敷石が途切れた先は白砂《はくしゃ》が撒かれた敷地になっていた。その白砂の上には石燈籠が点々と置かれ、その灯りに誘われるように先へ進むと、小さな池にたどり着いた。池の隅にある滝を模した岩場の下には、半分に割られた竹が置かれている。どうやら池の水が岩場から伝い流れると、その落ちた水が竹の中に溜まるような仕掛けになっているらしい。

朔夜に促され仕掛けを見守っていると、水の重みに耐えきれなくなった竹が徐々に片側に傾き出した。そして竹の角が岩に当たると小気味いい音を立てて勢いよく跳ね返る。

「まあ、何て涼やかな音かしら。あのような仕掛けは初めて見ました」

鈴音が興奮を全身で表すと、それを見た朔夜も嬉しそうに眼を細めた。

「あれは鹿《しし》おどしと言って、田畑に現れる獣や鳥を追い払うために百姓が考え出した装置だそうです。都では珍しいものですが、以前、夜須子が快癒祈願でお寺詣でに出かけた際、偶然目にしてこの庭に作らせたのです」

「夜須子姫が……」

「どうかなさいましたか？」

どうしてだろう。朔夜の口から夜須子の名が出るたび、鈴音はどこか寂しいような気持ちになる。

「いえ……。朔夜があまりに夜須子姫のことを親しげに呼ばれたので、よほど親しい間柄なのかと」

「ええ、確かに……私は夜須子様のことをよく知っています。ずっと傍におりましたから」

ずっと傍に……。意味ありげな言葉に心がなぜか騒ぐ。

そう言えば密会の時にも「わたしに似たような境遇の姫を知っている」と言っていた。その姫と言うのは夜須子姫のことだろうか。だとしたらふたりは一体どういう関係なのだろう。さっきも大納言家の方を非難するような口振りだったけど、あれは夜須子姫に同情してのことなのだろうか。

「私と夜須子のことが気になるのですか？」

深い眼差しで見つめられ、鈴音は檜扇の陰で頬を赤く染めた。

「と、特に深い意味は……わたしにも乳兄弟がいましたから、それを懐かしく思い出しただけです」

気まずくなって、急いで話題を変える。

「あの、朔夜、ありがとうございました」

「……？」

「大納言様に宮家を援助していただけることになったのは、朔夜の助力があったからです。それに昼間も北の方様から庇っていただいて……本当にありがとうございます」

「いいえ、礼には及びませんよ」

どこか気まずげに朔夜が視線を逸らす。

「単に互いの利害が一致したまでのことです」

「利害？　それは夜須子姫の話し相手が見つかったということでしょうか？」

屈託なく訊ねると、朔夜はふっと笑った。

「そのことはいずれ大納言様からお話があるでしょう。それよりも、私の前に手を出していただけますか」

「こう、ですか？」

戸惑いながら鈴音が左手の甲を差し出すと、朔夜はその手を取って裏に返す。そうしておいて衣を探って何かを取り出すと、それを鈴音の掌に置いた。

「これは……？」

掌に置かれたのは、蛤《はまぐり》を合わせて作られた貝殻の容器だ。

「手荒れに効く塗り薬です」

朔夜が貝の蓋を開くと、その裏側には桜を手にした女たちの姿が描かれていて、金箔《きんぱく》を使った鮮やかな彩色まで施されていた。

「この軟膏《なんこう》を毎日塗り込めば、すぐに手荒れが治りますよ」

「ありがとうございます」

朔夜の優しい心遣いに、鈴音はほんのり頬を熱くする。

「よろしければ塗って差し上げましょう」

返事をする前に長い指先が薬を掬《すく》うと、鈴音の左手の指先から股にかけて、一本一本丁寧に擦り込むように塗りつけていく。

「……っ」

ゆったりとした指使いはくすぐったいような、どこかもどかしいような感覚を与え、妙な気分にさせる。

こんな風に手や指を触られたのは初めてのことだ。それも相手が朔夜だと思うと、心がざわついて肌まで粟立ってくる。

鈴音はこれまで経験したことのない得体の知れない感覚に襲われ、思わず小さな声を上げると指を引っ込めてしまった。

「ぁ……っ」

「申し訳ありません、痛まないよう心がけたつもりでしたが、傷にしみてしまいましたか？」

「い、いえ、違います……傷なら大丈夫です」

「それではどうして手を離されたのですか？」

「それは……」

朔夜はふっと笑うと、意味ありげに呟いた。

「貴女は無防備なのか、それとも男慣れしているだけなのか、わかりかねますね」

「あの……？」

「右衛門少尉を追い払うためとはいえ、貴女の唇を無理やり奪った男によく平然とついてこられましたね」

「だってあれはわたしを助けるために、わざとお芝居をしてくれたのでしょう？」

鈴音が小首を傾げると、朔夜はその手から檜扇を奪った。

「なにを……？」

驚いて見上げると、睫毛に縁取られた朔夜の瞳が一瞬煌めき、腰に回された腕で強く体を引き寄せられる。

「や……っ」

鈴音は驚いて体を離そうとするが、朔夜の腕に阻まれて逃れることができない。

両手で厚い胸板を押し返そうとしても、無駄な抵抗とばかりに朔夜の顔が近づいてくる。

腕の突っ張りは胸のあいだに押し潰されて、強引に顎をすくわれたと思うと唇を強く押し当てられた。

「んっ……ふ……」

ただ唇が重なっただけのつたない接吻《せっぷん》だが、慣れない鈴音にとってはどうしていいのかわからない。鼓動が速まって、息苦しさだけが増していく。

苦しい……。

呼吸がままならず鈴音が小さく喘ぐと、そこから熱いものが忍び込んでくる。

二度目の行為では、すぐにそれが朔夜の舌だとわかった。

熱く蠢《うごめ》く淫らな舌は、鈴音の歯列をゆっくりとなぞり、口腔までもゆるく掻き回した。

「っ……ん……ぁ……」

無意識に細めた目線の先に怜悧な瞳が覗いていた。

冷めた視線は鈴音の反応を確かめるように、真っ直ぐに鈴音だけを見据えている。

なぜ……どうして……？

朔夜が自分にどうしてこんな振る舞いをするのか理解できない。

密会の夜の口づけには相手を欺《あざむ》く意図があったが、今宵の口づけにはどんな意味があるのだろう。

体の合わさったところから朔夜の熱が伝わってくる。

美麗な面差しは人形のように表情に乏しい。けれど、こうして温もりを感じていると朔夜が生身の男であると強く感じられた。

「んぅ……っ……ふ……」

唇から湿った息が漏れると、朔夜がそこを塞ぐように唇で追いかけてくる。

鈴音の顎を仰のかせていた手はいつの間にか頬に添えられて、ふっくらした稜線を親指の腹が優しく撫でていた。

「あ……ん……っ……」

やはりまともに呼吸ができず、鈴音は息を切らせて足もとからへたりこみそうになる。

するとようやく朔夜の腕の縛《いまし》めが緩み、鈴音の体を支えたままそっと顔を遠ざけた。

「……北の方のこともありますし、明日からは頼りになる女房を鈴音様にお付けいたします。その者はすべてのことを承知していますから、何かの際は貴女の力になるでしょう」

鈴音は潤んだ瞳で朔夜を見上げ、逆上《のぼ》せたように顔をほんのり上気させていた。

「そんな眼で男を見てはいけませんよ」

朔夜はそう言って笑うと、鈴音の唇を濡らす唾液の残滓《ざんし》を指で拭う。そうすると、鈴音の唇がかすかにめくれ朔夜の指をしっとりと濡らした。

「この邸にいる間は、私が鈴音様をお守りいたします」

鈴音を見下ろす朔夜の双眸は底知れぬ井戸のように真っ暗で、瞳の奥底に何かを湛えたまま、鈍く光って揺らめいていた。

第三章　鬼の住み処

格子を上げる音がして、鈴音は朝の訪れを知った。差し込む陽射しは弱く、几帳で囲われた褥《しとね》の上はまだ暗い。

「ん……」

鈴音に与えられた部屋は普段あまり使われていないらしく、御帳台の代わりに四方を几帳で囲った簡単な寝所がつくられていた。どうやら鈴音の来訪に備え、急ごしらえで部屋の用意をしたらしい。それでもさすが大納言家だけあって、置かれた調度品はどれも贅を尽くした素晴らしいものばかりだ。

黒漆《くろうるし》に蒔絵《まきえ》を施した高脚の二階棚には、香を焚くときに使う火取《ひとり》や、洗髪などの際に使う泔坏《ゆするつき》や打乱《うちみだり》の筥《はこ》などが置かれている。

大納言邸に到着して早々、昼には北の方、夜には朔夜に翻弄されて、部屋を見回す余裕もなかったが、さすがに一夜明けると落ち着きを取り戻していた。

鈴音はゆっくりと体を起こすと、まだ眠い眼を擦る。すると自分の指先がしっとりと潤っていることに気づいた。

昨夜、朔夜が薬を塗り込んでくれたからだ。そう思い当たると、坪庭で朔夜に触れられた温かな手と唇の感触がよみがえって胸が高鳴る。

思えば鈴音は朔夜の前で醜態ばかり晒している。危うく火事を起こしかけたり、荒れた手を見咎められたり。

きっと公達にも評判の夜須子姫と比べ、なんて落ち着きのない粗忽《そこつ》でみっともない姫だと、内心呆れ返っているに違いない。

でも、それならなぜわたしに口づけなどしたのだろう。

あれだけ美丈夫の従者なら、きっと邸の女房たちも放ってはおかないだろう。もしかしたら、朔夜は女の扱いに慣れているのかもしれない。だから目新しい女を前に、あのような戯れを仕掛けてきたのかもしれない。

きっとそうだわ。あの行為に特別な意味などないはず……。

朔夜にからかわれたと思うと少し癪《しゃく》だが、それ以外思い当たる節がない。

昨夜、坪庭から戻った後も、鈴音は変に意識が冴《さ》えて、なかなか眠りにつくことができなかった。幸いだったのはそのことばかりに気を取られて、北の方の事件に対する恐怖心が薄れたことだ。

まさかそこまで考えて、朔夜があんな行動をとったとは思わないけれど……。

鈴音が考えあぐねていると、ふいに正面の几帳が脇に取り払われ、淡い光の中に初めて見る女房が佇んでいた。その女房は、艶然とした微笑みを浮かべながら、鈴音に深く頭を下げる。

「おはようございます、鈴音様」

「お、おはようございます」

とっさに返事をしながらも、鈴音は女の華やかさに眼を奪われてしまっていた。

豊かな黒髪が肩の辺りで波打ち、すっきりとした切れ長の眼と形の良い唇は隙なく化粧を施され、まさに花のかんばせといった風情だ。おまけに女房装束を優雅に着こなす佇まいは気品に溢れている。

これほどまでに美しい女房はどこを探しても見つからないだろう。

何て素敵な女《ひと》かしら。でも、どこかで会ったような気もする……。

食い入るように女房の顔を見つめていると、それに気づいた女房が親しげに微笑みかけてくる。

「……っ」

鈴音は不躾に眺めていたことを恥じて、頬を朱に染めてしまう。

女房は鈴音の前に寄ると、女にしては長身の身を折り曲げて改めて挨拶した。

「本日より鈴音様付きの女房に加わります、薄羽《うすは》と申します」

「もしかして貴女が朔夜の言っていた女房かしら？」

朔夜が頼り甲斐のある女房をつけると言ってくれていたことを思い出し、鈴音は端座《たんざ》する薄羽を見た。すると薄羽は柔らかな微笑みを漂わせたまま浅く頷き返す。

「はい。私は普段、夜須子様にお仕えしているため、常時こちらに顔を出すことはできませんが、何かございましたら私に遠慮なくお申し付けください」

「ありがとう、そうさせていただきます」

鈴音が褥から出ると、格子を上げ終えた青竹の女房が几帳や褥を片付け始めた。その様子を眺めていると、壁際に置かれた衣紋掛けに、紅梅《こうばい》をあしらった見事な葡萄染《えびぞめ》の小袿《こうちき》が掛けられているのが目に入る。

「まあ、綺麗……」

鈴音の眼が小袿に留まるのを見て、薄羽がすかさず声をかける。

「こちらの小袿は夜須子様から鈴音様への贈り物です」

「まあ、わたしに……」

まだ一度も会ったことのない大納言の一の姫。その見立ての良さからも、夜須子の目利きの確かさが窺える。

一体、どんな方なのだろう……。

鈴音は脇に控えている薄羽をそっと窺った。

仕えている女房がこれほど美しいのだから、公達に噂される夜須子姫はもっと麗しく聡明で、殿方の心を惹きつけるような方に違いない。

きっと朔夜もそのひとり。そう思うと胸にもやもやした感覚が広がる。

何かしらこれ……？

「どうかなさいましたか」

ふいに薄羽と視線が重なり、鈴音は慌てて言い繕う。

「いえ、その……わたしからご挨拶もまだなのに、このような贈り物をいただくのは何だか申し訳ない気がして……」

「遠慮は無用です。夜須子様は鈴音様のご到着をとても楽しみにしておられました。その小袿も、鈴音様の雰囲気に合わせて選ばれておりました」

「え、わたしの雰囲気？　でも、夜須子姫とはまだ一度もお会いしたことがないのに、どうしてわたしに似合うとわかったのかしら？」

すると薄羽が控えめに申し出た。

「恐らく従者の朔夜に相談したものかと……」

つまりそれほど朔夜と夜須子は親しい間柄なのだろう。

胸のもやもやが増すと、鈴音はわずかに息苦しさを覚えた。

だが、奇妙な感覚に戸惑う一方で、夜須子への関心が高まっていくのを抑えられない。

「薄羽、わたしはいつ夜須子姫にご挨拶できるのかしら。直接会って、ぜひ小袿のお礼もしたいのだけれど」

すると薄羽はそれまで浮かべていた笑みを収め、素っ気ない口調で答えた。

「礼など必要ございません」

「え、でも……」

「夜須子様との対面はしばらくご遠慮くださいませ」

「どうして？　わたしは夜須子姫の話し相手としてこちらの邸に招かれたのではないですか？」

「それは……」

薄羽といい大納言といい、夜須子の話題になると途端に歯切れが悪くなる。

「もしや直接お会いできないほど、お体の調子が優れないのかしら？」

薄羽はその問いには答えず、話を切り上げるように言った。

「夜須子様との対面に関しましては、後に大納言様よりご指示があるかと思います。対面の用意が調うまでしばらくお待ちくださいませ」

「……わかりました」

鈴音は頷くと、青竹の女房を気にしつつ薄羽に小声で話しかけた。

「わたしのことは大納言様や朔夜から聞き及んでいると思いますが……本来、この邸にいるべき立場はわたしではなくお兄様です。そのわたしが何もせず無為に過ごすのは大納言様やお兄様に申し訳が立ちません。できれば薄羽から大納言様に頼んでいただけないでしょうか」

「頼むとは？」

「夜須子姫の体調が優れずお話もできないようなら、ぜひ看病のお手伝いをさせていただきたいのです」

「……それほどまでに夜須子様のお役に立ちたいと？」

「はい」

「鈴音様はお人がよろしいのですね」

薄羽は微苦笑を浮かべ、鈴音の耳に唇を寄せると同じように声を潜めた。

「では、折り入って私から鈴音様にお願いしたいことがございます」

「はい、何なりと」

鈴音が喜んで答えると、薄羽はすっと立ち上がり近くに文台《ぶんだい》を運んできた。

「わたしが書いたお礼の文を夜須子姫に届けてくれるの？」

鈴音が尋ねると、薄羽が首を横に振る。

「いいえ、違います。けれど鈴音様がそうお望みであれば、後でお届けしても構いません」

「では、一体なにを？」

鈴音が首を傾げると、薄羽は事前に用意していたのか、文箱の中に山と重ねた文を箱ごと差し出した。

「こちらは夜須子様宛てに届いた公達からの文です」

「え、こんなに沢山……っ」

ただの一度も文を貰ったことのない鈴音からするととんでもない量だ。ただでさえ驚いているのに、薄羽が追い打ちをかけるように平然と言い放つ。

「夜須子様に快癒の噂が立ってからは、また更に文の数が増してしまいました」

「えっ、ではここにあるのは届いた文の一部なの？」

「はい、同じような箱があと四つほど」

「……っ」

　薄羽は説明を続けながら、文台の上に文を並べ始めた。

「折を見てお返事を出さねばと思っておりましたが、夜須子様はとても筆を持って歌を詠めるような状態になく、こうして手つかずのまま放置している有様です」

　文が届けば、受けるにしろ断るにしろ一度は返事をしなければならない。その時の対応や文の内容次第で新たに評価が下されることになる。

「それでわたしは何をすればいいの？」

「有り体に申せば、夜須子様に代わって返事を書いていただきたいのです。しかも、ただ代筆するだけではありません。夜須子様の筆跡を習得していただきたいのです」

「もちろん代筆するのは構いませんが、字や歌の傾向まで習得するとなると一朝一夕にはいかないと思いますが……」

　鈴音が不安げな顔をすると、薄羽がにっこり微笑んだ。

「もちろん今日明日の話ではございません。まずは夜須子様の書かれた文を手本に、書写からお始めくださいい。実際に文を出すのはそれから先の話です」

「わかったわ……上手く出来るかどうかわからないけれど、それで夜須子姫のお役に立てるなら喜んで協力させていただきます」

「ありがとうございます。では、朝餉が済みましたら早速書写から始めてください」

「はい」

薄羽は青竹の女房に身支度の手伝いを任せると、この件を夜須子に伝えに行くと言って部屋から退ってしまった。


身支度と朝餉を済ませた鈴音は早速、後から届けられた夜須子の文を手本に書写を始めた。

夜須子の書いた文を初めて見た印象は、なんだか意外、だった。

夜須子なら繊細な字で歌を詠むものだと思い込んでいたが、実際に書かれたものを見ると、華美で相手への媚《こび》が見え隠れしているように思えた。

確かに恋文ともなれば駆け引きのようなものが必要なのかもしれないけれど……。

もしもここに届いている文すべてに同じような返事を書き送っているのだとしたら、相手は過度な期待を寄せてまた夜須子に文を送ってくるに違いない。

悪気はないのだろうけど、夜須子姫は少し薄情なお方だわ。たとえ沢山の公達と文を交わしても選ぶ相手はたったひとりなのに……。

期待して、最後には振られてしまう大勢の公達のことを思うと、鈴音はこの先返事を書くことに躊躇いを覚えてしまう。

それともこんな風に考えてしまうのは、一度も文を受け取ったことのない者のただの僻《ひが》みなのだろうか。

そんなことを考えながら書写を続けていると、部屋に控えていたはずの青竹の女房がいつの間にか姿を消していた。

鈴音はふうとため息をつくと、背中に感じていた強ばりを解いた。

やはり自分の邸ではないのでどうしても緊張してしまう。それに何だか青竹の女房からは常に見張られているようで気を抜くことができない。

こんな時、松尾がいてくれたら……。

しばらくすると青竹の女房と入れ替わるようにして、高坏《たかつき》を持った薄羽が訪れた。

「手習いは進んでおりますか？」

「は、はい……」

鈴音が文台から顔を上げると、薄羽は鈴音の斜め前に座って文台の側に高坏を置いた。高坏の上には美味しそうな唐菓子が載っている。

「こちらは朔夜からの差し入れです」

そう言って薄羽が朔夜から預かったという文を取り出す。中に目を通すと、大納言の用向きで鈴音のもとに顔を出すことは出来ないが、不安に思わず遠慮なく薄羽を頼るように、との意味が込められた美しい歌が詠まれていた。

慣れない場所でこうして誰かに気に留めてもらえていると思うと、それだけで心強い。昨夜届けられた文は、花を押し花にして大切に文箱のなかにとってある。

「あの、薄羽。後で夜須子姫と朔夜にお礼の文を出したいので届けてもらえるかしら？」

「わかりました」

薄羽は微笑みながら頷くと、鈴音に唐菓子を勧めてきた。

「あまり根を詰めず、本日の書写はその辺にしてお休みになってくださいませ」

「ええ、そうね」

鈴音は筆を置くと、何とはなしに薄羽を見つめた。

対面するとき、薄羽はつねに微笑を浮かべているが、今は鈴音が文台に向かっているせいか口もとから笑みが消え、唇が真横に引き結ばれていた。

口もと……そうだわ！　以前、どこかで薄羽と会っている気がしたけれど……。

「あの……、薄羽と朔夜は面差しがよく似ているわね。化粧をしているからか薄羽の方が年上に見えるけれど」

「ふふ、ようやく訊ねてくださいましたね。私は朔夜の姉でございます」

「やっぱり！」

鈴音は思わず手を叩いた。

表情の乏しい朔夜と違い、薄羽はつねに微笑んでいる。面差しの似ている薄羽に優しく微笑みかけられると、まるで朔夜から同じことをされているようで何だか妙に胸が騒ぐ。

「朔夜も薄羽のように笑えば、もう少し愛想良く見えるのにね」

「感じの悪い弟で申し訳ございません」

薄羽に謝られ、鈴音は慌てて訂正する。

「そんな、感じが悪いだなんて……た、ただちょっと近づきがたい雰囲気があるというか……」

そこまで言って、鈴音はあっと手で口を押さえた。どちらにしても褒め言葉ではないと気がついたのだ。

「ごめんなさい、あの、わたし……そんなつもりじゃ……」

慌てる鈴音を見て、薄羽がくすりと笑う。

「お気になさらないでください。朔夜は確かに愛想がなくて、感情を表に出すことも少ないですから。……けれど童の頃は愛嬌《あいきょう》もあってよく笑う子だったんですよ」

そう言って薄羽が気まずげに微笑むので、鈴音は急いで話題を変えた。

「そ、そう言えば朔夜も夜須子姫と仲が良さそうだけれど、薄羽が女房として仕えていると自然と親しくなるのかしら」

それを聞いた薄羽は、唇に明るい笑みを取り戻した。

「そうかもしれませんね。私たちは大納言家の誰よりも夜須子様に近しい存在でしたから」

「わたしも早く夜須子姫にお会いしたいわ」

「……鈴音様はなぜそれほどに夜須子様のことを気にかけていらっしゃるのですか」

「それは……」

鈴音が言うべきかどうか迷っていると、薄羽が背中を押すように言った。

「ご安心ください。ここだけの話に留めておきます」

「その、朔夜から大納言様と北の方様の仲についてお聞きしたせいもあるのですが……大納言家の皆様は、本当に夜須子姫のことを案じていらっしゃるのか疑問に思えてしまって」

「と言いますと？」

「わたしの母が病に倒れたときは、毎日が不安で仕方がありませんでした。日に日に弱っていく肉親の姿を見るのは胸が潰れるほど苦しくて、かえって泣くこともできずにいたものです」

　鈴音はその時のことを思い出し、自然と声が沈むのを感じた。

「それなのに、大納言家の一の姫でもある夜須子姫がご病床にあるというのに、邸内からは快癒を祈願する読経《どきょう》の音も、それを悲しむような重苦しい雰囲気もありません。まるで何事もないみたいに大納言様や皆様が振る舞っていらっしゃるように思えてならないのです」

「……世間知らずの姫様かと思えば、変に目敏《めざと》くていらっしゃいますね」

「薄羽？」

　これまでの柔和な雰囲気と打って変わり、薄羽が冷淡に言い放つ。その硬質な雰囲気は彼女の弟である朔夜を彷彿《ほうふつ》とさせた。

「夜須子様は遅かれ早かれ死ぬ運命にあるのです」

「え、いま何て……」

鈴音は自分の耳を疑った。従者の朔夜だけでなく女房の薄羽までもが夜須子の死を前提として話すのが信じられない。

「近いうちに黄泉《よみ》に旅立つ運命《さだめ》にあることを、夜須子様自身も承知しております」

「そんな……」

鈴音の眼から涙がはらはらと零れる。

涙の雫は頬を下り、やがては顎に伝うと、そこから雨垂れのように流れ落ちて袴の上に染みを作った。

「なぜ、泣いているのです？」

薄羽は不思議そうな顔をして鈴音の顔を覗き込む。

夜須子に一番近しいはずの薄羽にさえ涙の理由をわかってもらえないことが余計辛い。

つい鈴音は薄羽を責めるように言ってしまう。

「なぜ薄羽まで夜須子姫を見捨てるようなことを言うの？　まるでみんなして夜須子姫の死を望んでいるみたいだわ」

薄羽は冷めた眼で、鈴音の抗議を受け止めていた。

「これでは夜須子姫があまりに不憫《ふびん》だわ……」

「鈴音様がいくら同情を寄せたところで事態は何ひとつ変わりませんよ」

「……っ」

あまりに淡々とした口振りに、鈴音は自分の態度がひどく子供じみているように感じた。

確かに鈴音が泣いたところで、夜須子の病状が軽くなるわけでも、皆の態度が改まるわけでもない。夜須子本人が死を受け入れているのに、当事者でもない自分が涙を見せるのは筋違いな気がする。そんな振る舞いをしては、夜須子や周囲の人々の心を荒立てることになるのかもしれない。

やはり公卿の女房ともなると、滅多なことで感情を乱したりしないのだ。

鈴音は薄羽の視線から逃れるように脇息《きょうそく》に寄りかかると、手の甲で涙を拭った。

薄羽はそんな鈴音の様子を慈しむような穏やかな眼で見守っていたが、やがて落ち着いた頃、静かに礼を述べた。

「……ありがとうございます、鈴音様」

思いがけない言葉に顔を上げると、紅がのった艶やかな唇に優美な笑みが刻まれていた。

「この邸内で夜須子様の身を案じて泣いてくださったのは、鈴音様が初めてです」

薄羽は膝行して鈴音の傍に寄り添うと、鈴音の背中をそっと擦《さす》り出した。

「鈴音様のお気持ちは、夜須子様付きの女房として有り難く思います。ですが、いまや夜須子様の快癒を望むものは誰ひとりおりません。遅かれ早かれこの世から消えてしまった方が夜須子様のためだからです」

「っ……どうして？　夜須子姫にお仕えしているのなら、姫の無事や幸せを一番に願うものではないの？」

少なくとも、鈴音に仕えていた松尾は最後まで鈴音に尽くしてくれた。それとも鈴音が世間知らずなだけで、松尾のような女房の存在は稀なのだろうか。

それでも言わずにはいられない。

「わたしは身内を亡くす辛さを二度味わいました。だから残された家族の悲しみを誰よりも知っています。わたしの母も、死を覚悟してからというもの、自分の痛みや不安を口にしなくなり、残される家族のことをひたすら案じておりました」

「……」

「きっと夜須子姫も、薄羽や周囲の人に弱音を漏らさないだけで、おひとりで悩み、苦しまれているのではないでしょうか」

「鈴音様……」

「わたしには何の力もないけれど、せめて夜須子姫のお傍に寄り添って、お慰めして差し上げたい。いずれ死んでしまうからと言って、どうして最初から人との繋がりを断ち切らなくてはならないの？」

「……」

「この世に生を受けたからには、もっと愛し愛されてもいいと思うわ」

ふいに手が伸ばされたかと思うと、次の瞬間には薄羽の胸の内にいた。白檀の薫りが鼻腔をくすぐり、ほのかな温もりが衣越しに伝わってくる。

「う、薄羽……っ」

薄羽は抱き締めるというより、どこか縋るような必死さで鈴音の体を強く抱いた。

「貴女のような方がお傍にいたら、夜須子様も心を失わずに済んだことでしょう」

薄羽の呟く声音から、深い哀しみのようなものが伝わってくる。

ああ、そうか……薄羽も平気なわけではないのだ。仕える姫に寄り添って、その苦しみや哀しみをすべて見てきたからこそ、もう楽にしてあげたいと思っているのかもしれない。

たおやかな佇まいとは裏腹に、鈴音を抱く薄羽の力は思いのほか力強い。おまけに朔夜と同じ香を装束に焚きしめているから、妙にどぎまぎして落ち着かない気分になってしまう。

それでも薄羽を慰めてあげたくて、その背中に腕を回すと、先ほどしてもらったように薄羽の背中をそっと擦ってあげた。

「大丈夫よ、薄羽。きっと夜須子姫は薄羽の思いをわかってくれているわ」

「鈴音様……」

またぎゅうっと抱き締められて、衣越しから伝わる薄羽の温もりが強くなる。

そうして鈴音と薄羽は慰め合うように、しばらくのあいだ、抱き合うことで互いの熱を分け合っていた。

それからしばらくして、薄羽は気まずげに鈴音から離れると、夜須子の様子を見に行くと言い残して部屋から退がった。

てっきり代わりの女房が来るのかと思っていたが、高坏の唐菓子を食べ終えても一向に渡ってくる気配がない。さすがに手持ち無沙汰になり、鈴音はひとりで坪庭に出てみることにした。

部屋からさほど離れていないし、できればあの鹿おどしという仕掛けを明るいところでもう一度見てみたい。

鈴音はすぐに戻るつもりで部屋を出ると、坪庭に向かって歩き出した。

いつか機会があれば寝殿の庭も見てみたい。

坪庭でさえ、あれほど趣向を凝らした造りなのだ。大納言の寝殿から望む庭園はさぞ立派なものだろうと想像する。

遣《や》り水と呼ばれる小川がさらさらと流れ、その先には船を浮かべることもできる大きな池がある。その池の周辺には四季折々の風情が楽しめるように様々な木や花が植えられていて、夜になれば石燈籠に火が灯される。

規模こそ違うだろうが、鈴音がいた宮家の庭園も野趣に溢れる庭だった。とくに父宮が愛妻・藤の君のために造らせた東対の庭は様々な種類の藤が集められ、それを中心として躑躅《つつじ》や花菖蒲《しょうぶ》、しだれ桜などが配された、それは見事なものだった。

宮家の没落と共にその庭も打ち捨てられ荒野のようになっていたが、鈴音が宮家に戻る頃には元通りになっているに違いない。

宮家に戻ったら松尾を呼び戻してもらって、また庭を前に一緒に歌を詠んだり和琴を奏でたりしながら、父や母の思い出を語り合いたい。

宮家にいるあいだは寂れていく庭を見るのがただ辛く哀しいと思っていたけれど、こうして遠く離れてみると、あそこには沢山の想い出が残されていたことに気づく。

あの庭を見ることができれば、こんなふうに心細く思うこともないのだろうけれど……。

そんなふうに鈴音が里心を起こし物思いに耽っていると、足もとから物音がした。

「何かしら……?」

坪庭に入っていく敷石の手前で立ち止まり、鈴音は周囲に視線を巡らせる。

対屋の手前には緑鮮やかな低木が植わり、垣根に囲まれた坪庭の周辺を圧迫感のない柔らかな印象に変えていた。

するとと建物の簀子縁の下あたりから、小さな鳴き声が聞こえてきた。

「みゃあ……」

「猫?」

鈴音は声の主をたどって簀子の下を覗き見た。すると陽射しの届かない暗闇で小さな塊が動いていた。

「みゃあ……みゃう……」

どこから迷い込んだのか、茶白の子猫がか細い声でひっきりなしに鳴いている。

「お前はどこから来たの? お母さんはどうしたの?」

鈴音は膝を折ってその場にしゃがみ込むと、子猫に手招きしながら優しく話しかけた。

すると、子猫は何かを訴えるようにますます鳴き声をあげる。

「もしかして、お腹が空いているの? こっちへおいで、何も怖いことはないのよ」

言葉が通じたのか、子猫はよたよたと頼りない足取りで鈴音の傍までやってきた。ずっと心細い思いをしていたのだろう。子猫は鈴音の張袴に小さな頭を何度も擦りつけてきた。

「お前も知らない場所で、独りぼっちで寂しかったのね」

鈴音は子猫を抱いて立ち上がると、袖に包むようにして顎の下を撫でてやった。そうするとつぶらな瞳が嬉しそうに細められ鈴音を見上げてごろごろと喉を鳴らす。

「薄羽に頼んで、お前のご飯を持ってきてあげるわね」

腕にほのかな温もりを感じながらも、鈴音はわずかに憂え顔になる。

子猫のように鳴きこそしないが、知らない場所で知らない人たちに囲まれて過ごすのは、無意識に気を張ってしまって、知らないあいだに心を削りがちだ。

宮家へ援助するために朔夜が骨を折ってわたしをここに呼んでくれたのに、今さら寂しいとか心細いとか弱音を吐くわけにはいかない。

いっそ薄羽に弱音を漏らせば楽になるだろうが、鈴音は両親の看病にあたる内に気丈に振る舞う癖がついてしまっていた。鈴音が哀しい顔をすれば相手を心配させるとわかっているから、辛くてもつい微笑んでしまう。

それに薄羽はわたしだけでなく、夜須子姫にも仕えているのだから、これ以上、気遣いを増やしては申し訳ない。

「……っ」

その時、背後に誰かの視線を感じた。うなじの辺りにぞわぞわとした悪寒のようなものが走り、射るような眼差しを感じる。

誰……？

子猫を抱えたままゆっくりと振り向くと、一瞬、視界の端に影が走った。けれどそこには陽射しの降り注ぐ簀子しかない。鈴音はすぐに気のせいだと思い直す。

「ここで待っていてね」

いったん子猫を下におろすと、薄羽か青竹の女房を摑まえようと部屋へ戻ることにした。子猫は鈴音を待つように、その場にちょこんと丸まって尻尾を何度か振って見せた。

「あら……？」

急いで部屋に戻ると、鈴音はすぐに異変に気づいた。

衣紋掛けに掛けていたはずの夜須子の小袿が消えている。

「誰かが片付けてくれたのかしら」

不審に思いながら辺りを見回していると、簀子を渡る衣擦れの音がした。

軽やかな裾捌《すそさば》きで鈴音のいる庇の間に姿を現したのは薄羽だった。

「鈴音様？　どうかなさいましたか」

待ち構えていた鈴音を見て、薄羽がすぐに心配そうに声をかけてくる。

「わたしが少し部屋を離れている間に、夜須子姫からいただいた小袿が無くなっていたのだけれど、薄羽か誰かが仕舞ってくれたのかしら」

「いいえ、私は北の方様付きの女房に呼ばれ、そちらに顔を出しておりました」

「では、もうひとりの女房が片付けてくれたのかしら？」

するとと薄羽は急に険しい顔をして、鈴音のもとに歩み寄った。

「もしやこちらに北の方様がお見えでは？」

「いいえ、お見かけしていないけれど……北の方様がどうかなさったの？」

「箏《そう》を弾きたいと仰って、女房たちに用意をさせている間に姿を消してしまったそうで、いま手分けをして捜しているところなのです」

「それでわたしの部屋に、誰も女房がいなかったのね」

「はい、申し訳ございません。北の方様があのような状態にあることを知っているのは、邸内の女房でも限られておりまして」

　宮家のような特殊な事情を除いて、邸に仕える女房や使用人たちは基本的に終身雇用となる。そのため邸内で働く者たちには主人の不利益になることには箝口令《かんこう》が敷かれるのだが、そうは言っても大納言邸のような大邸宅にもなると、人の入れ替わりが激しくそのすべてに忠誠を求めるのは難しい。邸の主人やその妻子に仕える女房や従者は、大勢の中から選ばれた生え抜きの者になる。

若くして大納言の信任を得た薄羽や朔夜は、特に優秀な人材ということだろう。

その薄羽までも呼ばれたということは、北の方がまだ見つかっていないということだ。

「薄羽、わたしは大丈夫だから、早く北の方様をお捜ししてちょうだい。あ、でもその前に何か食べ物をいただけると嬉しいのだけれど」

「では、誰かに菓子を運ばせましょう」

「あ、いいえ。菓子はいらないの。じつはさっき部屋の近くで子猫を見つけて、お腹が空いているようだから何かを食べさせてあげたくて」

「子猫？」

その言葉に、薄羽ははっと目を見開き、突然身を翻《ひるがえ》して歩き出した。

「薄羽、どうしたの？」

鈴音はとっさに後を追う。薄羽は前を見ながら鈴音に言った。

「以前、北の方様は大納言様のお手つきとなった女房の部屋に忍び込み、その女房が飼っていた雲雀《すずめ》に毒を盛ったことがございます」

「え、まさか……っ」

嫌な予感に襲われて足を止めると、薄羽は鈴音のもとに引き返し、勇気づけるように両肩の上に手を置いた。

「この前のこともありますし、鈴音様の部屋から夜須子様の小袿を持ち出したのは、北の方様に違いありません。これ以上、妙な真似をされないよう子猫はどこか安全な場所に移しておきましょう」

「わ、わかったわ」

「では、子猫がいる場所へ案内してください」

「はい」

鈴音は薄羽に先立って歩き出すと、いつの間にか小走りになっていた。

「あの簀子の床下あたりです」

階《きざはし》を下りて、鈴音が坪庭近くの子猫がいた辺りに案内すると、土の上に何かが落ちているのが見える。

「あ、夜須子姫の小袿……」

鈴音が急いで近づくと、小袿には切り裂かれたような痕《あと》が幾つも残されていた。

「酷い……」

無残に切り裂かれた小袿の残骸を呆然と見下ろしていると、妙に盛り上がっている場所があるのに気がついた。

「何かしら……？」

鈴音が小袿の端を掴み拾い上げると同時に、薄羽が叫んだ。

「それに触れてはなりません！」

「え……」

無意識に薄羽の視線の先をたどり目線を落とすと、地面に黒い染みが広がっているのが見えた。その染みの上には何かの塊があり、その塊には見覚えのある短刀が突き立てられていた。

「あ……っ」

それは赤黒く変色した茶白の子猫の死骸《むくろ》だった。子猫は虚空を見るように上を向いて絶命していた。何も映さなくなった瞳が鈴音をじっと見つめている。

鈴音の手から小袿が滑り落ち、眼の前が暗くなる。

「鈴音様……！」

薄れゆく意識の中、倒れかかった体を誰かの腕に抱き留められた。

「大丈夫ですか！」

この声は……さ、くや……？

まるで深井戸に投げ込まれたように、鈴音は急速に意識を手放した。

第四章　閨房指南

鈴音が目覚めると、いつの間に夜を迎えたのか、高燈台に灯りがともり、褥の上に寝かされていた。四隅に几帳を張り巡らせた寝所は設けてあるが、調度品の類いは置かれていない。よく見ると、もといた部屋とは違う部屋のようだ。

「ここは……」

まだ回らない頭でぼんやりと天井を見上げていると、部屋の片隅から声が聞こえた。

「お気づきになりましたか」

衣擦れの音とともに鈴音のもとに近づいてきたのは薄羽だった。

「わたし……？」

「鈴音様は庭でお倒れになったです。穢れに触れてはなりませんので部屋を移させていた

「穢れ……？」

その途端、陰惨な光景がよみがえる。

切り裂かれた小袿、地に広がるどす黒い染み。その上でかっと眼を見開き、口から泡を吹く死骸。茶白の毛並みは突き立てられた短刀のせいで深紅に染まってしまっていた。

「う……っ」

鈴音は吐き気に似た胸の支えを感じ、急いで起き上がると口を押さえた。嘔吐こそせずに済んだが、胸に詰まる圧迫感は薄れる気配がない。

「どうしてあんな惨いことを……」

怒りと恐怖がない交ぜになり、顔から血の気が引く。気がつくと体が小刻みに震えていた。

「もう大丈夫です」

鈴音を落ち着かせようと、薄羽が女性にしては大きな手で背中をそっと撫でてくれる。

「この度のことにつきましては大納言様にもご報告を申し上げました」

「では、あれはやはり北の方様が……？」

「はい。女房が北の方様を見つけたとき、襪《しとうず》や袴に返り血がついていたそうです」

「……っ」

「北の方様には見張りをつけ、部屋から出られないよう軟禁しております。これで二度と貴女に近づくことはできません。ですからどうぞご安心くださいませ」

「北の方様を閉じ込めてしまったの？」

「はい、さすがに今回の件には大納言様も腹を据えかねられ、近々引受先の尼寺を探し、北の方様をそちらに移すことをお決めになりました」

「ですが、北の方様は尼寺行きを嫌がっておられたのではありませんか？」

「あのような事態を引き起こしてしまえば致し方ございません」

「そんな……」

確かに北の方が犯した罪は赦されることではない。けれど無理やり閉じ込めた上で尼寺に送るのは少し可哀想な気もした。

「でも、北の方様がそんなことになられると夜須子姫は哀しまれないでしょうか？」

「哀しむ？　どうしてですか？」

薄羽は不思議そうな顔をする。

夜須子のことで涙を流したときのことといい、今回の北の方のことといい、薄羽とは感情のずれを感じる。あまりに身近で不幸を見続けていると、心まで枯れてしまうのだろうか。

鈴音はふと、朔夜の冷めた眼差しを思い出した。感情を映さない漆黒の瞳は何もかも諦めてしまったような、まるで僧侶のような諦観の境地を感じる。

「夜須子姫にとっては生みの母との別れになってしまいます。病に臥している身では、さぞ心細く思われるのではないでしょうか」

「まさか、かえって安心されるでしょう」

薄羽はにっこり微笑んだ。

「これまで夜須子様は北の方様の仰ることを信じて疑わず、幼少の頃から言われるまま従っておりました」

そう説明する薄羽の声はどこか険を孕《はら》んでいる。

「しかし北の方様が仰ることが真実ではないと悟られた時、夜須子様は生まれて初めて北の方様に逆らったのです。以来、北の方様は何かにつけて夜須子様をなじり苛《さいな》み、困らせてばかりおりました。北の方様があのように狂われたのは、すべて自分の思い通りに事が運ばなくなったことに対する憤《いきどお》りから。我を失われただけです」

そんな事情があっただなんて……。

――私は貴女と似たような境遇の姫を知っている。その姫も、以前は身内のために自らを犠牲にしようとしていた。

密会の晩に朔夜が言っていた言葉が思い出される。

やはりあれは夜須子姫のことを言っていたんだわ……。

高燈台の灯を受けて、壁に薄羽の影がゆらゆら揺れる。俯く薄羽の顔は暗く沈み、やり切れない思いが滲んでいた。

恐らく朔夜と薄羽は夜須子に仕えながら、どうすることも出来ずに心を痛めていたのだろう。

鈴音は薄羽に松尾の姿を重ね、その手を両手に取った。

「鈴音様？」

上背《うわぜい》があるせいか薄羽の手は大きく長い。

「薄羽が尽くしてくれていることは、夜須子姫もご存じのはずです。だからどうか、過去の自分を責めないでください」

「鈴音様……」

薄羽はわずかに目を瞠り、鈴音の曇りのない眼差しを見つめていた。

「それにきっといつか、夜須子姫と北の方様は和解なされると思います」

すると薄羽は睫毛を伏せ、俯いたまま肩を揺らし始めた。

泣いているのかしら……？

「薄羽、大丈夫？」

鈴音が声をかけると、薄羽は顔を上げ、その唇に皮肉げな笑みを浮かべていた。

「つくづく鈴音様はおめでたい方ですね」

「えっ……」

「貴女を見ていると、かつての夜須子様を思い出して腹が立ちます」

鈴音が添えた手を薄羽が強く握り返してくる。

「い、痛い……」

「その純真さは好ましいものですが、同時に痛ましくもありますよ。野犬の群れの中にいても貴女は優しく微笑みかけ、その牙で傷を負わされたとしても、貴女は何度でも手を差し出すことでしょうね」

ぎりぎりと締めつけられる鈍い痛みに鈴音は眉根を寄せる。なぜこんなにも薄羽が苛立っているのかわからない。

「鈴音様はどうしてこの邸に招かれたとお思いですか？」

「そ、それはお兄様の代わりに宮家へ援助してもらうために……」

「その兄に宮家を出る前、何か頼み事をされませんでしたか？」

まるで見てきたかのように薄羽が訊ねる。鈴音は困惑しながらも、正直に答えた。

「……折を見て、お兄様の官位のことを大納言様にお頼みするよう言われました」

すると薄羽は紅い唇を嘲《あざけ》るように歪《ゆが》め、鈴音のことを冷淡に見下ろす。

「それは大納言様の寝所に侍り、閨《ねや》の中でおねだりしろということでは？」

「な……っ」

鈴音は思わず息を呑む。

なぜ薄羽がそんな酷い言い方をするのかわからない。

「そもそも貴女の兄が大納言家に寄こすことを承諾したのは、自分の妹が大納言の愛人になれると思い込んだからですよ」

「そんな、愛人だなんて……」

「宴で朔夜が貴女の兄に話を持ちかけた時、貴女の兄は朔夜にこう言ったそうです。——なるほど、大納言様は夜須子姫を口実に私の妹を愛人にとお望みなのですね。確かに妹も数多《あまた》の男の相手をするよりは、身分あるお方に囲われたほうが幸せだ、と」

「まさか……違います、お兄様はそんな人ではありません！」

鈴音は泣きそうになりながら薄羽の手を振り払おうとしたが、逆に締め付けは強くなり、肉に指が食い込むほどきつく握り返されてしまう。

「いや、放して……っ」

「まだわからないのですか。貴女は多くの援助と引き替えに、この邸に身売りされたも同然なのですよ」

「嘘、そんなことは信じません！　だってお兄様は、あの晩のことも何も知らなかったと仰っていました」

「だから貴女は利用されてしまうのです」

「あ……っ」

突然、薄羽は腕を取り、鈴音の体を自分の方へ引き寄せると、もう片方の手で顔を仰のかせた。

氷のような薄羽の眼差しに鈴音は息を呑み、その瞳に射竦められたように動けなくなる。

「朔夜がここに貴女を呼んだのは、貴女を憐れな状況から救おうと思ったからです。決して兄に利用させるためではありません」

「も、勿論です。わたしは誰にも利用などされていません」

「愚かですね……」

薄羽は吐き捨てるように言って、鈴音をきつく睨みつけた。

「誰も彼も己が為に生きているというのに、貴女は真実を知った今も兄を信じ、自らの身を犠牲にしようというのですか」

「犠牲だなんて……」

鈴音には、誰かに虐げられた覚えも、利用されている覚えもない。

「わたしはただお兄様に幸せになっていただいて、松尾を呼び戻したいと願っているだけです」

「その兄の幸せのために、貴女や女房は利用されて邸を出されたのではありませんか？」

「だから、それは誤解です」

どうしたら信じてくれるのだろう……。

鈴音は次第に気持ちが揺らいでくるのがわかった。松尾を始め、宮家にいたかっての女房たちが、天音のことで進言してきた時の言葉が思い出される。皆、今の薄羽のように目を覚ませと言っていた。

わたしはお兄様を心から信頼しているつもりだったけれど……本当はお兄様を疑いたくなくて、頑なに信じ込もうとしているだけなのではないだろうか……。

「あくまでそう言い切るのならそれでも良いでしょう。いずれ貴女は大納言から身代わりの話を持ちかけられて選択を迫られることになります」

「身代わり？　それはどういう意味ですか？」

薄羽は酷薄な笑みで質問をかわすと、両手で鈴音の頬を挟み、自分の顔へと近づけた。

「大納言は己の保身や欲のためならどんなことでもするお方です。そういうところは貴女の兄とよく似ていますね。さすがは親子、血は争えないということでしょうか」

薄羽の眼が細まり、鈴音の唇にわずかに息がかかる。その吐息の先には艶めく薄羽の唇があって、いまにも重なりそうな距離でそっと囁かれた。

「いえ、彼らのほうが普通なのです。それが人というもの。それなのに貴女はいつまでそうやって、事実から目を背け、耳を塞いで無垢な姫を演じるおつもりですか」

「わたしは演じてなどいません……」

確かに無知なところはあるかもしれないが、他人を欺いたことなど一度もない。

「私は常々疑問に感じていたことがあります。良い機会ですから、これから確かめさせてください」

意味ありげな言葉に鈴音が首を傾げた時、しっとりと唇が合わさった。

「ん……」

紅で染まった薄羽の唇が鈴音のそれを深く吸う。

驚いた鈴音が慌てて身を引こうとするが、薄羽の胸に腕ごと囚われて身じろぐことさえかなわない。

なんて強い力なの……。

必死で抵抗を続けているうちに、鼓動が速まって息苦しさが増していく。

「あっ……」

とうとう我慢できず小さく喘ぐと、熱くぬるついた舌が鈴音の口腔に忍び込んできた。

それと同時に紅の味が広がって、薄羽に口内を犯されていることを強く意識してしまう。

「ふ……ぁ……」

意思を持った巧みな舌は歯列をなぞり、荒い息を貪りながら奥の方まで入り込んで舌に絡みついてくる。

「ん、ぁ……っ……ぅ……」

喘ぎながらわずかに身を捩ると、ふいに腕の縛めが緩められた。

「何とも初々しい反応ですが、隠そうとしても無駄ですよ」

紅の落ちた唇が意味深につり上がる。

「か、隠す？　一体……？」

薄羽は何を確かめたくて、このような不埒な真似をしているのだろうか？　女同士で口づけを交わすことに何の意味があるのだろうか？

薄羽の言わんとしていることが、鈴音にはわからない。

「密談の夜、貴女は平然と朔夜の前で顔を晒し、後で閨の相手をするからと、右衛門少尉をあしらってみせたそうですね。お顔に似合わず、ずいぶんと男ずれした振る舞いではございませんか」

「それは……」

顔を晒してしまったのは文を焦がし、立ち去ろうとする朔夜を引き止めるために必死になっていたからだ。右衛門少尉の話を承諾したのも、あの場を収めるための方便にすぎない。

そんなふうに誤解されていたことにも驚いたが、それ以上に、密談の夜のことを薄羽が知っていることに傷ついた。

あの夜のことはふたりだけの秘密だと、朔夜は言っていたのに……。

何だか裏切られたようで胸が苦しい。天音の話を聞かされたときよりも愕然となった。

鈴音は胸の痛みに耐えながら身の潔白を口にする。

「薄羽は勘違いをしています。わたしは決して、男の方に慣れているわけでは……」

「ええ、口では何とでも偽れるものです。だから直接、私のほうで確かめさせていただきます」

「……っ」

鈴音は本能的に危険を感じ、とっさに立ち上がると薄羽のもとから逃げだそうとした。けれど夜も深まり、格子が下ろされてしまっていてはすぐには外に出られない。おまけに初めての部屋ではどこに逃げればいいのか判断がつかない。案の定、走り出した先で行き止まり、別の出口を探そうと向きを変えた途端、体が引っ張られるように後ろに傾いた。

「あっ……」

見れば、薄羽の足が鈴音の小袿の裾を踏みつけて床に縫い留めてしまっている。

「鈴音様、こちらにお戻りください」

「いや、来ないで……！」

鈴音は踏まれた小袿と表着だけを脱ぎ捨てると、五衣の姿のままふたたび部屋から逃げだそうとした。だが、すぐに腕を取られ、薄羽と縺《もつ》れるようにして板間の上に倒れ込む。

「う……っ」

思ったより衝撃が少なかったのは、倒れる寸前に薄羽が庇ってくれたからだ。鈴音は薄羽の上に倒れ込んだまま慌てて顔を上げた。

「ごめんなさい、薄羽。怪我はありませんでしたか」

「ええ、大丈夫ですよ。これで貴女を捕らえることができた」

乱れた髪と衣のせいで薄羽がひどく婀娜《あだ》っぽく見える。鈴音は妙に胸がざわつくのを感じた。

嫌だわ……薄羽を見て心を騒がせるなんて、どうかしている……。

薄羽の上から退こうとして体の向きを変えると、そのまま背後から腕が伸びてきて羽交い締めにされてしまった。

「な……っ」

「じっとされていればすぐに済みます。貴女も裳着を済ませたのなら、宮家の女房から閨での手ほどきくらい受けているでしょう」

手ほどき?

問い返す前に、薄羽が鈴音の髪を掻き上げ、わずかに覗いた華奢な首筋に唇を押し当ててきた。

「あ……っ」

その途端、悪寒めいた痺れが駆け抜け、背中をぞくぞくさせる。

「う、薄羽、何をして……っ」

慌てふためくあいだに薄羽の手が冷静に衣の衿を寛げて、その緩んだ狭間から右手をすっと差し入れてきた。

「あっ……」

熱く火照った掌がまだ幼いふくらみを揉みしだく。白い乳房は薄羽の手の中で歪《いびつ》に形を変え、指と指のあいだに薄紅色の蕾が挟まると、得も言われぬ刺激が走った。

「痛……っ……やめて……っ」

なぜこんな仕打ちを受けているのかわからない。

いつの間にか衣紋紐が抜き取られ、衣の重なる掛衿のところが大きくはだけてしまっていた。高燈台の光を受けて、鈴音の柔肌が白く浮かび上がっている。

「貴女の肌はしっとり潤って手に吸いついてきますね。まるで極上の絹のような手触りです」

褒めているつもりなのかも知れないが、鈴音にとっては辱め以外の何ものでもない。

「ご覧なさい。こちらも硬く凝ってきたのではありませんか」

「あっ……」

薄羽がそう言って乳房の先端を抓《つま》むと、指の腹でそっと擦り上げてきた。

「っ……痛……ぁ……う……」

薄く開かれた桜色の唇から、悲鳴にも似た吐息が漏れる。

その声がひどく浅ましく思えて、鈴音は全身を恥辱で薄紅色に染めた。

「この蕾をどれだけの男に触れさせたのですか」

「そんなこと……痛、やめ……触らないで……ぇ」

慣れない刺激に呼吸が乱れる。思わず眼を閉じると、突然体が大きく揺さぶられて背中が冷たい床に触れた。

「う……っ」

「指が痛いというのなら、これなどは如何《いかが》です」

押し倒された胸もとに薄羽の顔が近づけられると、先ほどまで指で弄ばれていた胸の尖りに熱い吐息がかかった。

「ひっ……ぁあ……」

そのまま唇で挟まれると、蕾に湿り気を与えるように、薄羽の舌が丹念に舐める。そうすると、蕾が少しずつ赤みを増し、硬く尖って薄羽の唇を突き上げた。

「どうやら鈴音様は、指よりも舌をお好みのようですね」

「ち、違……っ……お願い、薄羽、もう許して……」

「遠慮されることはございません。閨房指南《けいぼうしなん》はまだ始まったばかりですよ」

「閨房……指南……？」

これだけでも耐えられないというのに、薄羽はこれ以上、何を教えようというのだろうか。

何もかもが初めての経験で、これから先なにがあるのかまったく見当もつかない。

「どうしてそのように不思議そうな顔をしているのです？　まさか宮家で一度も、閨の手ほどきを受けていないのですか」

「それが当たり前なの？」

思わず聞き返すと、薄羽はわずかに戸惑いの色を見せた。

どうしたのだろう……。

閨房指南を受けていないことが、それほどおかしなことなのだろうか。もしかしたら公達から文が届かないので、松尾にも教える機会がなかったのだろうか？

鈴音が考え込んでいると、薄羽が独りごちる。

「あの夜、口づけた時、貴女は嫌がる素振りも見せなかった……これまで貴女は兄のために身を売っていたのでは……？」

「薄羽？　どうしたの？」

何事かを呟く薄羽に声をかけると、薄羽は我に返ったように鈴音を見た。その顔は戸惑いと疑問で塗り重ねられている。

「貴女は無垢なままなのか、それとも男たちによって穢された後なのか……はっきりさせるためにもここで止めるわけにはいきませんね」

ひとり納得したように頷くと、薄羽は鈴音の膝に手をかけた。

「鈴音様。脚を大きく開いて、私に見せてください」

「っ……そんなの……無理です……！」

鈴音は眼を瞠ると、ぎゅっと脚を閉じた。

「そうですか……それでは仕方ありませんね。では、私のほうで開かせていただきます」

脚にばかり気を取られていると、薄羽の体がふたたび胸に覆い被さってくる。両手で乳房を寄せ集められ、左右の蕾をぬるつく舌で愛撫された。

「あ……うっ……」

すると収まりかけていた刺激と感覚が蘇り、乳房に張り詰めるような疼きを感じた。

「ほら、見えますか鈴音様。胸の尖りが美味しそうに紅く色づいていますよ」

言葉につられて思わず眼を向けると、確かに唾液で濡れた先端が艶めかしいほどに紅く照りを放っていた。

「遠慮なく食べて差し上げましょう」

薄羽は片方の胸に齧りつくと、舌でねっとりしゃぶり、残った乳房を片手で揉みながら胸を頬張ってはちゅうちゅうと吸った。

「や、あっ……ぅ……く……ふっ……」

先ほどまでは痛いだけだった感覚が、甘く痺れるような感覚にとって変わる。

胸を吸われ、指や舌で蕾をくすぐるように嬲られると、えも言われぬ疼きが体中を駆け巡った。

「……ぁ……やめ……い、ゃ……ぁあ……」

今まで耳にしたことがない掠れた声が、自分のものだと気づくのに間があった。鈴音はあまりの羞恥に睫毛を震わせた。

「良かった、少しはお気に召していただけたようですね」

薄羽の手が胸を離れ、鈴音の白く張りのある柔肌をそっと撫でていく。そのもったいぶった触れ方は、鈴音にこそばゆいような妙な感覚を与えた。そんな触れ方は今まで誰にもされたことがない。

「も、もう十分です……お願いだからやめてください……！」

鈴音が堪らず訴えると、薄羽の瞳が底光りする。

「いいえ、まだ十分ではございません。肝心なところが残っていますよ」

これ以上、どこがあるというのだろう。

鈴音が不安げに見つめていると、薄羽が袴の下から手を伸ばしてきた。そこから鈴音の白い脚をたどり太股にまで手を這わす。

「な、何をしているの？」

震える声で問うと、薄羽の手が止まる。

「鈴音様はご自分の体のどこで、男の精を受けるかご存じですよね？」

わからず黙り込むと、薄羽はそれを別の意味で捉えたようだ。

「教えられずとも、承知しているというわけですね」

「え……？」

太股にあった手が脚の付け根まで一気に滑り下りたかと思うと、次の瞬間には、脚の挾間に刺激が走った。

「んっ……な、なに……？」

「おや、これほど弄《いじ》って差し上げたのにまだ濡れてもいない。私の手ほどきでは物足りないということでしょうか？」

答えなければまたどこかを弄られそうで、鈴音は慌てて返事をした。

「女同士でこんなことをするなんて、もう十分です」

「……なるほど、殿方が相手でないと感じないというわけですね。ですが、このままでは指の先も入りません。私では不足でしょうが、どうすれば感じていただけますか？」

「……？」

問われても質問の意味がわからない。

そもそも脚の間に指を入れる隙間などあるはずがない。先ほどから薄羽は試すようなことばかり言っているが、一体、何がしたいのだろう。

薄羽は鈴音の戸惑いに気づかないまま、返事のないことに少し苛立ったように告げた。

「では貴女好みの方法を探りながら、ここを解していくより仕方ありませんね」

薄羽の両手に脚を大きく割られ、そこに向かってかすかな風が吹き込んでくる。

「やめて薄羽、汚いわ」

鈴音はすぐに脚を閉じようとしたが、薄羽の体に邪魔されて閉じることができない。薄羽は脚の間を覗き込むようにすると、その中心に顔を寄せて邪魔な袴を膝まで下ろした。

「ひっ……あぁ」

冷たい夜気と生温い風が同時にそよぎ、熱く湿ったものが脚の間を這っていく。

「やっ……な、何……？」

それが薄羽の舌だと気づいたとき、鈴音の視界がわずかに眩み、喉の奥から抑えようのない声が漏れ出した。

「……ん、ぅ……っ……あ……」

ぴちゃぴちゃと秘裂を舐める淫靡な水音が足もとから響いてくる。薄羽の舌は、閉じた媚肉を開くように、両の陰唇をしつこく舐め続ける。

「あ……や……っ」

胸のときよりも鋭敏で鮮烈な刺激が鈴音を襲う。そのたびに、股の内側がひくひくと戦慄いて身悶えした。

「ようやく蜜が滲んできましたよ。やはり貴女は舌で触られるのがお好きなのですね」

「そんなこ……は、うっ……」

薄羽は囁きながらも舐めることをやめない。媚肉は蜜と唾液に濡れながら、ひくひくと蠢いて、薄羽の愛撫を待っていた。

「いくら言葉で否定しても、貴女の淫裂は私を誘うようにひくついていますよ。貴女の花びらは清純そうに色づきながら乱されるを待っている」

ふいに、媚肉を飾る淫核《いんかく》を尖った舌で突《つつ》かれた。

「ひ……ぃっ……」

今までにない猛烈な刺激が鈴音の全身を駆け抜け、秘裂の奥から何かがとろりと溶け出した。それは媚肉の間を濡らしながら淫らに流れていく。

「甘い蜜がどんどん溢れてきましたよ。この淫らな蜜壷でどれだけの男を虜にしてきたのですか？」

そんなことはしていないと反論したいのに、声は言葉になる前にせつないため息へと成り果てる。

「あぁ……ふ……ぅ……」

薄羽は自らの唇を花唇に重ねながら、わざと音を立てては蜜を舐めしゃぶり、その源をたどるように蜜壺へと舌を突き入れた。

「ひっ……やっ……駄目っ……そこ、入れな……い、やぁ……」

尽きることのない刺激に鈴音の頭は真っ白になり、無意識に腰を浮き上がらせることで、その凄まじい刺激をやり過ごそうとする。

「素晴らしく敏感な体ですね……襞の奥まで物欲しげにひくついていますよ……」

「い、や……ぁ」

体だけでなく凄絶な愛撫に意識まで犯されていくようで、鈴音は嫌々と首を振った。

「これなら指も簡単に飲み込んでくれそうですね」

薄羽は身を起こすと、鈴音の反応を探るように自らの指をひとつ突き入れた。

「は……んっ」

舌では到底届かない場所に指先が触れる。

「……きつい、ですね。力を抜いてください」

いくら濡れているとはいえ、狭い内壁は異物の存在を押し出そうとする。薄羽は肉襞が絡みついてくるのを振り払うように、指でゆっくりと押し開き、蜜口を徐々に擦り上げていく。同時に、もう片方の手で胸の蕾を嬲った。

「や、あ……」

蜜壺の奥を長い指が無遠慮に掻き回し、鈴音は半分惚《ほう》けた状態で薄羽に必死で訴えた。

「や……め……知らな、いの……こんな……したことない、の……一度も……」

「……っ」

鈴音の霞む視界に紅の落ちた薄羽の顔が映る。その唇は驚いたように息を呑み、じっと鈴音のことを見下ろしていた。そうしていると、薄羽と朔夜の姿はほとんど変わらない。漆黒の瞳は朔夜のように感情が読めず、その瞳に淫らな醜態を晒していると思うと鈴音の体がぞくりと震えた。

まるで朔夜に触れられているみたい……。

そう思い至った途端、指を出し入れされていた蜜源の奥が信じられないほど火照りだし、秘裂からとろりと蜜が溢れ出す。

「ぅ……ん……ぁ、くぅ……っ……」

浅ましいと思うのに身の内が昂《たかぶ》る。先ほどまでは慣れない刺激に耐えるだけで精一杯だったのに、薄羽の中に朔夜の姿を見た途端、明らかに今までとは違う感覚が湧き上がった。

「どうやら私は思い違いをしていたようです」

体だけでなく頭まで蕩けだした鈴音の耳には薄羽の声が朔夜のものに聞こえる。

「貴女は心だけでなく体までも清らかだ」

「あぁ……っ」

鈴音の体を追い詰めるように指が激しく前後して、鈴音の喘ぐ唇に、薄羽が吸い寄せられるようにして口づけた。

「貴女を必ずお守りします……ですから、どうかもう少しだけ……私の無礼を赦してください……」

第五章　初夜

部屋に誰かが近づく気配がして、鈴音はとっさに衾を被り寝たふりをした。

「鈴音様、起床のお時間でございます」

薄羽のたてる衣擦れの音が背後で聞こえる。すぐ側で腰を下ろす気配がした。

どうしよう……。

昨夜のことを思い出すと、どんな顔をして薄羽に会えばいいのかわからない。鈴音は羞恥のあまり、眼を合わせることもできず横に伏したまま固まっていた。

頭から衾を被っていても、薄羽はわたしが起きていることに気づいているはずだ。それでも鈴音は背中を向けたまま衾の中でじっとしていた。

すると、気遣うような声が聞こえてきた。

「どこかお体の調子がお悪いのですか？」

こうして姿を見ないまま声だけを聞いていると、朔夜のものにしか聞こえない。そう思うと鈴音の鼓動は早鐘を打ち、耳に届くほど大きくなる。

昨夜も薄羽に触れられているときは戸惑いと羞恥ばかりが先に立っていたのに、薄羽の姿を朔夜と錯誤した途端、体に火がついたように何かが一瞬にして燃え広がり、鈴音は我を忘れてしまった。

あの後、どうやって褥に戻ったのか、どんなに記憶をたどっても思い出すことができない。だから余計に鈴音は薄羽の顔を見ることが出来ずにいた。

いつまで経っても反応をしない鈴音に諦めをつけたのか、薄羽は小さなため息を吐きその場をひとりで収めた。

「それでは本日はこのままお休みくださいませ。それと代筆の件はお忘れになってください。今後一切、筆跡を習得するために書写をする必要もございません」

「……っ」

どうしてなのか尋ねたいけれど、寝たふりをしているせいでそれもできない。そうこうするうちに薄羽が立ち上がる気配がした。

「私は用があってしばらくこちらに顔を出すことができません。その間は代わりの女房に用事をお申し付けください」

衣擦れの音がゆっくりと遠ざかり、薄羽の気配が薄れる。

鈴音はようやく褥から身を起こすと、昨夜、薄羽と縺れるようにして倒れ込んだ板間のほうへと眼を向けた。

女同士で閨房指南されただけでも後ろめたいのに、忘我の境地に至って声を上げてしまったことに悔いが残る。

だが、薄羽の口振りでは、閨でのたしなみは裳着を済ませた姫なら知っておかなければならないようだった。

きっと薄羽は鈴音のことを、姫として教養の足りない愚かではしたない姫だと思ったに違いない。

鈴音は夜具の側に置いていた、貝の塗り薬に目線を落とした。

もしもこのことが朔夜の耳にでも入ったら、どうしよう……。

鈴音は胸が潰れそうなほど息苦しくなって、ふたたび褥の上に俯《うつぶ》せになった。

陽が西に傾きだした頃、鈴音はようやく褥を出た。

薄羽がいないので青竹の女房の手を借りて身支度を済ませると、脇息に寄りかかったまま御簾越しにぼんやりと外を眺めていた。

この部屋からだと遠くに寝殿の庭園が見える。白砂の敷かれた庭は明るい日差しを吸い込んで、太鼓橋の掛かる池がきらきらと日差しを反射させている。

さすがに時が経つと鈴音も冷静さを取り戻し、薄羽に対して申し訳ない気持ちでいっぱいになっていた。

今度会ったら今朝のことを謝ろう。それに子猫を弔ってくれたお礼もしなければ……。

そんなことをつらつらと考えていると、退がっていた青竹の女房が鈴音の部屋に戻ってきて、簀子のところで用向きを告げた。

「鈴音様、もうじきこちらへ大納言様がいらっしゃいます」

「大納言様が？」

薄羽からはそんなことは聞いていないけれど……。

ふと昨夜の言葉が思い出された。

そういえば薄羽が、身代わりがどうとか言っていたような……？

突然の訪問に妙な胸騒ぎを覚えたが、青竹の女房が几帳を立てて対面の支度を始めたのを見て、鈴音も急いで几帳の裏に回り込む。

やがて先導する女房の後から大納言が現れた。てっきり朔夜も伴ってくると思ったが、後から来る気配はない。

「お前たちは退がっていろ」

大納言は青竹の女房を含め全員を部屋から追い出すと、几帳を隔てた鈴音の正面に腰を落ち着けた。

「一度ならず二度までも北の方がご迷惑をおかけして本当に申し訳ない。本日はその詫びがしたくて参ったのだ」

「……それは、お心遣いいただきありがとうございます」

鈴音は礼を述べながらも、複雑な思いで大納言の姿を見つめていた。北の方や夜須子のこじれた関係を知った今、大納言にもその原因の一端があるように思えてならない。

それなのに、目の前にいる大納言は被害者然として、沈痛な面持ちでため息をついていた。

「しかし今回の騒動で、大納言家の置かれている状況を鈴音殿も察してくださったことだろう」

「はい、何となくは」

「私もほとほと困っておるのだよ……」

「せめて夜須子姫の病だけでも快癒なさるといいですね」

励ますように言うと、大納言はさらに力なく肩を落とした。

「鈴音殿は夜須子のことを何か聞いておられるのかな？」

「はい、兄から公達のあいだでも評判の美姫だと聞かされております」

「確かに夜須子は、幼い頃から才気に溢れ、容姿にも恵まれた自慢の姫だった。それゆえ裳着の儀を行う頃には多くの公達から関心を集めたものだ」

「皆様こぞって文を送られたそうですね」

鈴音が相槌を打つと、娘が褒められたというのに大納言はどこか浮かない顔をしていた。

「だが、夜須子には問題があってな」

「問題？　それは病に罹《かか》られたということでしょうか？」

「いや、そうではなく……」

大納言は口ごもると、檜扇を取り出して何度も開いては閉じるを繰り返す。どうやらそれが大納言の癖らしい。

「ここから先の話はくれぐれも内密に願いたいのだが、よろしいかな？」

「……はい」

鈴音が頷くと、大納言は檜扇を弄るのを止めた。

「夜須子は裳着を済ませた後しばらくして、快癒祈願のために北の方を伴わせ、大納言家縁の尼寺へ預けたことがある」

大納言は鈴音の様子を窺いながら話を続けた。

「本当ならそこで夜須子は死ぬはずだった」

「え……っ」

親の口から平然と、死という言葉を告げられて鈴音は激しく戸惑った。

「それは……夜須子姫のご病気がそれくらい重かったということですか？」

「いいや、違う」

大納言はきっぱりと否定した。

「夜須子は死ぬためにあの寺に行ったのだ。最初から夜須子に快復の見込みなどない。それなのにまだ夜須子は生き延びている」

「そんな……」

娘の快復を喜ばないどころか、残念そうな大納言の態度に困惑してしまう。

たとえ難病で快癒の兆しがないにしても、わずかな希望に縋《すが》るのが親の心情というものではないだろうか。

大納言家に訪れてからの邸の者の反応は、やはり何か引っかかるものを感じる。

鈴音はわずかに身を乗り出すと、大納言に詰め寄った。

「どうして大納言様は、最初から夜須子姫のご快癒を諦めていらっしゃるのでしょうか？いいえ、大納言様だけではありません。朔夜たちまで夜須子姫の死を当然のように受け止めているのが、わたしには不思議でなりません」

するど大納言は皮肉げな笑みを浮かべ、両手で檜扇を握り締めた。

「朔夜が夜須子の死を望むのは当然のことだ。なにせ北の方の一番の犠牲者は、朔夜なのだからな」

「え……？」

「北の方は私が姫の誕生を望んでいると知り、みずからの息子を姫と偽って育てていたのだ」

「――もしかして、その姫と言うのが……」

聞かなくても答えはわかる気がした。けれど鈴音は問わずにはいられない。

自分の中に湧いた疑いが真実かどうか、大納言の口から直接聞いて確かめたかった。

「朔夜だ」

大納言は苦々しげに言い捨てて眉を曇らせる。

「朔夜が、夜須子姫……」

そう考えれば、いままでの不自然なことがすべて納得できる。

いまだに夜須子と対面できないこと。皆が夜須子の死を望んでいること。朔夜が大納言や北の方、それに夜須子に対して見せる悪感情。

そんなの当然だわ……。

母親の都合で姫として育てられ、父親には夜須子としての人生を否定される。最初から大納言家の若君として育っていれば、朔夜は並び立つ者のいない聡明で美々しい公達として華々しい人生を歩んでいたことだろう。

「朔夜は裳着を前に、本当は男であると私に打ち明けてきた。そこで私たちは一計を案じ、世間の眼を誤魔化すためにいったん夜須子として裳着を執り行った」

「……」

「その後、先ほどの尼寺に母子ともに移し、夜須子はそこで折を見て病死したものとし、北の方をそのまま出家させた後、朔夜を私の息子として改めて呼び戻すつもりだった」

「ではなぜ、いまだに夜須子姫は生きていることになっているのですか？」

「諸悪の根源が北の方だからだ！」

大納言は苦虫を噛み潰したような顔をして、両手に持っていた檜扇をへし折ってしまった。そこに大納言の鬱積した怒りを感じ、鈴音はわずかに戦《おのの》いた。

「尼寺での計画を進めているあいだ、北の方が密かに夜須子と偽って、公達からきた文の返事をしていたのだ。事もあろうにその文の中には、当時まだ東宮だった帝からの文も含まれていた」

「帝の……っ」

あまりに畏れ多い話に、鈴音は絶句して目を見開いた。

偽りの文というだけでも問題なのに、その返事を送った相手が帝となると冗談では済まされない。帝を謀ったとなると、たとえ公卿の地位にある大納言といえど厳刑が下されるのは目に見えている。

「最悪だったのは、私がその事態に気づいたのが、東宮が今上帝となられてすぐに、内裏に呼ばれ内々にこう告げられた時だった。夜須子が全快した暁には、ぜひ私の女御に加えたいと」

公卿であれば願ってもない話だ。

「そこで夜須子を簡単に死なせるわけにもいかなくなり、これ以上、北の方に勝手な振舞いをさせないよう邸にふたりを呼び戻し、すでに男の姿に戻っていた朔夜に北の方の見張り役をさせていたのだ」

だから北の方を庇ったとき、朔夜は冷めた態度を取っていたのだ。

「しかし北の方の振る舞いや言動は日に日に手が付けられなくなっていく。あれの頭にあるのは夜須子を帝に入内させることばかりだ。いくら夜須子は男だと説いても、まったく聞き入れようとしない」

今の話を聞いていると、北の方は仏門に入り、心静かに過ごされたほうが本人のためだと思えてしまう。

朔夜はそんな両親の愛憎と身勝手さに振り回され、みずからの人生を奪われてしまったのだ。このまま夜須子としても、朔夜としても生きられないのなら、この先どうやって生きていけばいいのだろう。

誰にも秘密を打ち明けられず、ひとり孤独に耐えてきた朔夜を思うと胸が苦しい。朔夜が感情を表に出さないのは、そういった事情があるのかもしれない。

「可哀想な朔夜様……」

鈴音が思わず漏らすと、大納言が勢い込んで鈴音の前で土下座した。

「頼む、鈴音殿！　私の、いや朔夜のために夜須子の身代わりになってくれないだろうか！」

「え……っ」

「北の方も夜須子が入内したと言われれば、少しは大人しく寺に籠もってくれるだろう。

そうでなければ朔夜は一生、偽りの姫として、狂った北の方の面倒を見続けなければならん。それでは朔夜があまりに不憫だとは思わないかね？」

「それはもちろん思います。けれど……」

鈴音が頭から拒絶しないとわかると、大納言はさらに言い募った。

「もちろん、身代わりの話を鈴音殿が引き受けてくれたら、天音への援助は惜しまん！必ず後ろ盾となって一生食うに困らんくらいの官位を保証しよう」

「で、ですが……もしもわたしが夜須子姫の身代わりになれば、わたしの代わりは一体誰がするというのです？」

「それには私に考えがある」

大納言は自信たっぷりに胸を張ってみせる。

そうは言われても簡単に引き受けられるような話ではない。

鈴音の迷いを感じたのか、大納言が探るような目で訊ねてきた。

「もしや鈴音殿は、朔夜に何か言われているのか？」

「……なぜそのようなことを聞かれるのですか」

「鈴音殿に身代わりを頼むことを最初に思いついたのは朔夜だった。せっかくの高貴な生まれである鈴音殿が、貧しさから憐れな境遇に置かれていると言ってな。本人が同意するなら夜須子として入内したほうが幸せになれると考えたようだ」

「そうだったのですね……」

「しかし、朔夜はここにきてなぜか、鈴音殿を宮家に戻せと訴えてきた。この世から夜須子ごと自分が消えればいいだけのこと。鈴音殿を巻き込んで、一生誰にも言えない秘密を背負わせるのは忍びない、などと言い出してな」

「朔夜様がそんなことを……」

やっぱり朔夜様は優しい方なのだ……。

「あの、わたしが身代わりの話を引き受けなければ、朔夜様はどうなってしまうのでしょう？」

「あれには何の罪もない。だが、北の方のいまの状態では、朔夜と引き離すとどういう行動に出るかわからん。大納言家の秘密を守るためにも、朔夜には犠牲となってもらい、北の方を連れて遠国にでも行ってもらうことになるだろう」

「そんな……あれほど美しく聡明な公達が誰にも知られず、遠くの地で一生を終えてしまうなんて……」

「頼む、鈴音殿。朔夜を助けてやれるのは貴女しかいないのだ」

鈴音は頭を下げ続ける大納言の姿を見ながら、静かに告げた。

「……しばらくわたしに考える時をください」

なぜか寂しげな朔夜の微笑みが浮かんで、胸をせつなくした。


その日の夜更け。鈴音はこっそり、もといた部屋の裏手を訪れていた。

軒先には屋根のついた木製釣燈籠が吊されているので、うっすらとではあるが夜目も利く。空には月も輝いていたため、鈴音は難なく目的の場所までたどり着くことができた。まるで自分の居場所を知らせるように、子猫が倒れていた辺りだけ、月明かりを白く反射していた。

血の跡を消すためか、よく見ると土の上に白砂がかけられ清めの塩が盛られていた。塩は月の光を反射してきらきらと輝いている。

貴族のあいだでは死や出産は穢れとされているので、そうしたことが起こると物忌《ものい》みのため邸に籠もって精進潔斎《しょうじんけっさい》することになる。

殿上人などに至っては、内裏に向かう途中で動物の死骸に出くわすと、わざわざ牛車を引き返して、出仕を取り止めてしまうほどだ。

鈴音もこれまではあえて穢れに触れるようなことは避けてきたが、どうしても腕に抱いたほのかな温もりやつぶらな瞳が忘れられず、こうして子猫に手を合わせに訪れていた。

「ごめんなさい……わたしが可愛がったりしなければ、あんな目に遭うこともなかったのに……」

傷つけようとしなくても、誰かを傷つけてしまうことがある。宮家を出て鈴音は初めてそのことを知った。

こんなとき松尾が側にいれば、鈴音のせいではないと言って慰めてくれただろう。けれどいまは独り。身の内に生じた罪悪感はいまも鈴音を苦しめていた。

何度も心の中で詫びながら子猫の弔《とむら》いを済ませると、石燈籠の灯りに誘われるようにして坪庭へと歩き出した。

――頼む、鈴音殿。朔夜を助けてやれるのは貴女しかいないのだ。

昼間に大納言から言われた言葉が頭から離れない。

誰かが夜須子の身代わりを務めれば、朔夜に新しい道が拓ける。それなら喜んで鈴音が代わってやりたかった。

大納言家に来るまでは兄のために何とかしたいと考えていたが、いまは兄よりも朔夜のために何ができるか、それればかり考えてしまっている。

わたしはなんて薄情なんだろう……。

けれど、鈴音が身代わりになれば天音の官位は約束され、朔夜も大納言の息子として、新たな人生を歩むことが出来る。

鈴音という姫が消えれば皆が幸せになれるのだ。

「……っ」

思いのほか近くで鹿おどしの音が聞こえ、鈴音ははっと歩みを止めた。いつの間に池のほとりまで来ていたのだろう。

ふと空を見上げれば遠くに上弦の月が輝くのが見える。西の空辺りから雲が流れてきていたが、まだ空は月が出て明るい。

「そんなところで何をなさっているのですか」

詰問する声がして、驚いて声が聞こえたほうを振り返った。

そこには、竜胆唐草模様の狩衣姿の朔夜が、木蓮の木陰を半分身に纏うようにして佇んでいた。

「朔夜様……」

「私のいない間に大納言が貴女の部屋を訪れたそうですね。女房から聞きました」

闇色に顔を染めながら、抑揚のない声が問いかけてくる。

「はい」

「――では、私のことをさぞお恨みでしょう」

寂しげな声が夜風に運ばれて鈴音の足もとに落ちる。

「どうしてですか？」

「貴女をこんな面倒に巻き込んだのはこの私です」

「でも、それはわたしのことを憐れに思って……」

「ええ、そうです。貴女に初めてお会いしたとき、私は貴女が兄のために肌を売っていると思い込んでいた。そんな暮らしに身を置くくらいなら、女御として入内したほうが女として幸せではないかと思ったのです」

朔夜は一瞬押し黙ると、自嘲気味に言い放った。

「だが貴女は穢れてなどいなかった」

「どうしてそうとわかったのですか？」

問いかけている最中に、まさかという思いが湧き上がる。

「もしかして……薄羽からなにか聞いているのですか？」

誰かに体に触れられたのは、薄羽から指南を受けた時だけだ。それに、なにかを確かめるといって薄羽に無理やり脚を開かされたはず。

慣れない閨でのたしなみは、どれも恥ずかしくて体が強張るばかりだったけれど、薄羽の中に朔夜の面影を見た途端、鈴音は自分の内に今まで知ることのなかった情動があることに気づいた。

薄羽、いや朔夜に体の深い場所を触れられていると思うと、意識が陶然となり、蜜壺の奥が熱く疼いてねだるような声を上げてしまったのだ。

「まだお気づきではないのですか？」

木陰の下でふっと嗤う気配がする。

「私が薄羽なのですよ」

「えっ、……」

頭の中が真っ白になり、鈴音はよろけるように二歩三歩と後ずさる。

そう言えば、薄羽は朔夜の姉だと言っていた。朔夜が大納言家の一の姫なら、薄羽は一体どこの誰だと言うのだろう。確かにふたりは姉弟にしてもあまりに似すぎている。

一度、真実に気づくと綻びが見えてしまう。

「で、でも髪は……？」

「男の身のままでは貴女の傍に常に居続けることが出来ない。だから私は男に戻る際に取っておいた、自分の髪で作った髢《かもじ》をつけて薄羽として貴女に仕えたのです。いつ気づかれるかと冷や冷やしていたのですよ」

「どうしてそんな真似を……」

「そうですね……北の方が貴女を襲わなければ、私もここまでしようとは考えなかったでしょう。いざというとき貴女の盾になるには、ああするよりほかに方法はなかった」

「では、わたしを守ろうとして……？」

するとと朔夜はせせら笑った後、悪ぶる口調で話しだした。

「本当に貴女はおめでたいですね。何度、騙されたら気が済むのですか」

「朔夜、様？」

「私が貴女に夜須子の代筆を頼んだことを覚えていますか？」

「ええ」

「あれは身代わりを承諾させた後、帝との文のやり取りが必要になってくるため、事前に北の方の筆跡を真似させていたのですよ」

「……っ」

そういえば夜須子姫のものとして渡された文を見たとき、鈴音はそこに書かれた文字に違和感を覚えたことを思い出した。話に聞く夜須子姫の印象と、文字から受ける印象があまりにかけ離れていたからだ。

「だが身代わりをさせるには、貴女の本性を知っておく必要があった。人柄や貞操に難があれば、入内してから問題を起こしかねませんからね」

「そんな……だから閨房指南と称して、わたしの体に穢れがないか確かめたのですか？」

鈴音は声を震わせ、木陰の下に佇む朔夜の姿を見つめた。顔が隠れ、体も半分しか見えていないのに朔夜もじっとこちらを見ているのがわかる。

「できれば生娘が望ましいが、多少男を知っていても、恥じらいさえあれば騙し通すこともできますからね。貴女に穢れがないと知り大納言も喜んでいましたよ」

「ひどい……」

大納言まで知っていると聞かされ、羞恥に顔を覆った。

少なからず薄羽のことを頼りにしていたつもりだったのに薄羽は、いや、朔夜は鈴音に身代わりをさせるためだけに近づいたのだという。

「これでわかったはずです。私は貴女を利用しようとした。詰ろうが罵倒しようが、好きにするといい。これに懲りたらさっさと宮家に戻ることです。こんな嘘も見破れない愚かな貴女には身代わりはつとまりません。私から大納言に言って、口止め分の援助くらい毎月届けて差し上げますよ」

鈴音を小馬鹿にしたような態度で、朔夜が鈴音を突き放す。

だけど……。

鈴音には腑に落ちないことがあった。自分を利用するつもりなら、なぜ最後まで騙さずに嫌われることばかり言うのだろう。

天音も大納言も、鈴音に何か頼むときはいつも耳ざわりの良い言葉を使い、同情を引いても、決して自分が悪く取られるような事は言わなかった。

「……っ」

はっと気づき、顔を上げる。朔夜はわざと嫌われるようなことを言って、自分を宮家に帰そうとしているのかもしれない。

その瞬間、鈴音の心に熱いものが迸《ほとばし》り、これまで味わったことのない高まりを感じた。

そうだ、朔夜様はいつだってわたしを助けてくれた。それに、こうして今もわたしを守ろうとしてくれている。

こんな形で朔夜様への想いを知らされるなんて……。

そのことに気づくと、朔夜への想いが止め処なく溢れてくる。

それならわたしは……。

胸に強い決意が生まれる。昂ぶった心は一瞬で凪いだ。鈴音は覚悟を決めて朔夜に告げた。

「わたしは宮家には戻りません」

「……貴女はまだ、あのろくでもない兄のためにこの邸に留まると言うのですか」

木蓮に寄り添う影が苛立ちに揺れた。

鈴音が黙ったままでいると、やがて木陰から朔夜の姿が現れた。

「貴女がいくら真心を尽くそうとしても無駄なことです。自分の欲のためだけに生きる人間は、決して相手を見ようとはしない。己の要求を通すためなら、平気で相手を利用し切り捨ててしまう」

そう吐き捨てる朔夜の唇には自嘲めいた笑みが刻まれ、ふたつの瞳には昏い影が差していた。

「朔夜様……」

きっと朔夜は幼い頃からそんな思いを親から味わわされてきたのだろう。

親子であれば当然あるはずの愛情をどんなに求めても与えられることはない。そんな孤独な童時代を、朔夜は期待と絶望を繰り返しながら生きてきたのだ。

朔夜が常に纏う影のようなものの正体を今初めて悟ったような気がした。

それと同時に自分の中に、今までにない強い想いを見つけた。それは天音や松尾に抱く思いよりも強く、鈴音の心を激しく揺さぶり奮い立たせようとする。

「わたしは夜須子姫として入内したいと思います」

その言葉を発した途端、朔夜に動揺が走るのが見えた。それは今まで見たことがないほど朔夜の顔を険しくさせた。

空を覆い始めた分厚い雲が鈴音たちの頭上にもかかり始めている。石燈籠に照らされたふたつの影がいつの間にか闇に溶け出し、淡く不確かなものに変わりつつあった。

「これほど言ってもまだわからないのですか」

ぞっとするほど低い声がして黒い影が近づいたかと思うと、鈴音は声を上げる間もなく白砂の上に押し倒された。

鈴音の着ている小袿が白砂の上で広がると、大輪の花がそこに咲いているように見える。

鈴音は押し倒されたままの状態で、朔夜のことを見上げていた。

その視線の先に上弦の月が霞んで見える。

「さあ、誓いなさい。いまここで身代わりを辞退すると誓うのです。明日にでもここを出て宮家に戻るのです」

「それは……できません。わたしが戻ればお兄様の出世の道を断つことになります」

しばしの押し問答が続いた後、鈴音は衣を剝ぎ取られ、長袴まで引きずり下ろされてしまった。

朔夜は白い脚の間に体を割り込ませると、執着心を剝き出しにして告げた。

「――貴女は誰にも渡さない」

脚の狭間で朔夜の頭が揺れている。

「や、ぁ……あ……」

朔夜の淫らな舌が先ほどから弧を描くようにして鈴音の媚肉を舐っていた。

「もっ……やめ……っ、ん……っ」

そこだけに神経が集まったように、鋭敏な刺激に反応して身悶えする。何度も脚を閉じようとするが、鈴音の膝裏に添えられた朔夜の手が、その度に脚を左右に押し広げてしまう。鈴音はまろく小ぶりな尻を突き出すような格好で、花唇を露わにさせられていた。

「音を上げるのはまだ早いですよ」

朔夜は秘裂から顔を上げると、蜜に濡れた唇を手の甲で拭った。

「身代わりとして入内するということは、愛してもいない男にこうして抱かれるということです。昨夜、私が閨での所作を手解きして差し上げたはずですよ」

意地悪く嗤う朔夜の顔が、涙に滲む。

「それに、今からそんなに感じていてはこのさき身が持ちませんよ。まだ花唇を解《ほぐ》しているだけなのに」

　鈴音の顔を見下ろしながら、朔夜は舌で解された秘裂にそっと指を押し挿れると、ぬれそぼった蜜口を深く抉《えぐ》った。

「ひ、ぃ……う……」

　襞《ひだ》が擦られているせいか中が熱い。片手を自由にするためか、鈴音の片脚が朔夜の肩に担がれるようにして置かれている。

「もう一本増やしても良さそうですね」

「あぅ……う」

　二本目の指が突き立てられると攪拌《かくはん》される音が大きくなる。ぐちゅぐちゅと抜き差しされるたびに淫裂から蜜が溢れ、きゅっと蜜口が窄《すぼ》まった。

「そんなに食い締めていては、指が動かせませんよ。それとも貴女の好きなあれをして欲しいのですか？　いやらしいお口ですね」

　朔夜は鈴音の脚を肩から下ろすと、膝頭に手を置いて、ふたたび股ぐらに顔を近づけた。敏感になった花唇に熱い息がかかり、鈴音の蜜口が無意識に閉じる。

　朔夜はこじ開けるように舌で強弱をつけて淫裂を縦に舐め上げた。そうすると舌先が何かに触れて、眼の前に火の粉が散った気がした。

「ひっ……あぁあ……！」

眼が眩むような猛烈な刺激。それが鈴音に襲いかかる。恐ろしいくらいの快感が次から次へと波のように押し寄せて、鈴音の理性を遠くに攫って行こうとする。

「っ……ひ、ぁ……や、め、……そ、んなとこ……舐め、な……ぃ……でぇ……」

あからさまな反応に朔夜がくつくつと嗤《わら》う。

「なるほど。ここがそんなにいいんですね」

包皮に守られた肉芽を舌先が丁寧に剥いていく。やがて現れた小さな肉粒に、朔夜は啜るようにしゃぶりついた。

「ひ……っあ……！」

鈴音は背中に広がる衣を両手で掴み、身も世もなく腰をくねらせる。

もう耐えられない……！

「お願い……も、う……許し、て……」

涙ながらに懇願すると、朔夜の両手が膝から離れ、鈴音の細腰へと移動する。

「わかりました、もう舐めるのはお終いにしてあげましょう。その代わり……」

いつの間にか寛げられた指貫袴の下から、怒張した肉茎が天を衝《つ》くようにそそり勃っていた。

「ひっ……」

朔夜のそれに嫌悪感こそ覚えないものの、初めて見る屹立はなにやら恐ろしい生き物に見えて、鈴音を心から脅えさせた。

「他の男に奪われるくらいなら、私が貴女を穢して差し上げますよ」

屈折した笑みを唇に浮かべ、朔夜がみずからの猛りを媚肉へと押しつける。

鈴音は目を見開いて思わず叫んだ。

「駄目……っ、そんなことをしては朔夜様が！」

「……っ」

蜜口に押し入ろうとした寸前で動きが止まる。

「私が、なんです？」

「それは……」

鈴音が視線を逸らすと、朔夜が追いかけるようにして顔を覗き込む。

「正直に言わなければすぐにでも犯してしまいますよ」

「駄目、それだけは駄目」

鈴音はふるふると何度も首を振ってから、朔夜に真意を伝えた。

「わたしが入内しなければ朔夜様が自由になれません。だから、どうか穢すのだけはお止めください」

その言葉に朔夜が眉を顰める。

「それでは貴女は兄のためではなく、私のために身代わりを引き受けるおつもりなのですか？」

「……はい」

「一体なぜ？」

問うような眼が顔に注がれる。

「それは……」

朔夜と視線が重なると、鈴音は石燈籠の灯りの下、頬を赤く染めながら恥ずかしそうに睫毛を伏せた。

「ご迷惑だとわかっています。でも、わたしは」

溢れる涙で一瞬、言葉に詰まる。鈴音は、んくっと息を飲んでから声を出した。

「朔夜様への想いを胸に、入内するつも」

言葉は途中で遮られた。鈴音の唇にほのかな温もりがそっと重なる。

「貴女は愚かな人ですね」

呆れたようなため息が聞こえ、鈴音は身を縮こまらせた。

「ごめんなさい」

叱られたのだと思い、鈴音はとっさに謝罪を口にする。

わたしのようにみっともない姫に想いを寄せられてもご迷惑なだけなんだわ。

瞳の奥からじわじわと涙が湧き上がり、それはやがて雫となって頬を上を滑り落ちた。

「泣かずともいいのですよ」

やさしい唇が流れる涙をせき止める。その口づけは顎の先まで下りていき、白い喉にまで届いた。

「あ……っ」

こそばゆいような甘い感触に、鈴音は思わず顎を引く。

朔夜は自分の胸に華奢な体を掻き抱いた。

「朔夜様……」

驚いて顔を上げると、鈴音を愛おしむような柔らかな眼差しが向けられている。

「この大納言家で、貴女以外に私を気遣ってくださる者などいません」

朔夜は寂しげに笑うと、鈴音の頬に手を添えた。

「母には利用され、父には疎まれつつある。こんな私など、この世から消えてしまえばいい」

「そんなこと仰らないで！」

肉親に愛されなかったからといって、自分まで愛せなくなってしまうのは哀しい。朔夜にはそんなふうに思って欲しくないと鈴音は強く願っていた。

「たとえおふたりに疎まれたとしても、それはあくまであちらが勝手に押しつけた夜須子姫のお立場としてのこと。朔夜様がそれを気に病むことはございません」

鈴音は朔夜の胸にしがみつくと、必死で訴えかける。

「だってわたしは朔夜様がおやさしい方だと知っています。今も自分を悪者にしてまで、わたしを宮家に戻そうとしてくれたではありませんか！」

「鈴音……」

何か言いたげな視線に、鈴音は涙を拭って微笑んだ。

「わたしのことなら心配いりません。たとえ宮家に戻っても、いずれ尼寺に入るだけの身。それなら朔夜様の身代わりになって少しでもお役に立てたほうがどれほどいいか……」

「……」

朔夜は物言わぬ眼で、鈴音をじっと見下ろしている。

それを見て、朔夜が決めかねているのだと思った。

ご自分のせいで、誰かが犠牲になるのがお辛いのだ。

だったらと、鈴音はあえて明るい声で言ってのけた。

「わたしが入内すれば皆が幸せになれるのです。お兄様には官位が与えられるし、俸禄がいただければ松尾も呼び戻すことができます。それに朔夜様にも、公達としての新たな道が拓けるではありませんか」

「もう黙りなさい」

「あ……っ」

朔夜は自分の唇で鈴音の口を塞ぎ、おとなしくなったところで胸に抱き寄せる。

「貴女のその清浄な心が私を狂わせるのです」

「え……っ」

鈴音は朔夜の胸に顔を埋めながら、白檀の薫りと共にその言葉を聞いた。

「薄羽として貴女と接するうちに、その心に嘘偽りも裏表もないと知り、初めのうちは呆れ果て腹立ちもしましたが、どうしても放っておくことができなかった。貴女を騙し利用しようとする者から守れるのは私だけだと思うようになっていた」

背中に回された腕にぎゅっと力が込められて、鈴音の胸は朔夜の胸に押し潰された。

「そして、薄羽として貴女の体に触れるうちに、私は自分の衝動が抑えられなくなった。できればあのまま貴女のすべてを私のものにしてしまいたかった」

「朔夜様……」

胸から伝わる温もりに抗うことなく身を預ける。すると朔夜は抱き締める腕を緩め、鈴音の下唇を食むようにもう一度口づけてきた。

「あ……っ」

朔夜の舌が鈴音の口に忍び込むと、縮こまる舌をみずからの舌で掬い上げ、優しく宥めるように何度も舌を絡めてきた。

「ん、……ふぅ……」

舌を差し入れたまま角度を変えて口づけられると、朔夜の高い鼻梁が鈴音の鼻を擦るようにして寄り添ってくる。やがて口戯は貪るようなものへと変わり、鼻から漏れる吐息もわずかに乱れた。

「う、ぁ……ん……っ」

鈴音は無意識のうちに絡んでくる舌に合わせ、みずからの舌も蠢かせた。

「鈴音……私の愛しい鈴音……貴女を他の男になど触れさせはしない。どうか身代わりとならずに私の妻になってください」

「で、ですが、入内は……」

「それでは貴女は、私以外の男に抱かれるおつもりですか」

「……っ」

心では朔夜の広い胸に取りすがり、このまま娶られたいと思っている。だが、身代わりがいなくなれば朔夜は一生日陰の存在だ。

「誰がなんと言おうと、私は貴女を妻にする。貴女を誰にも渡しはしない」

鈴音の迷いを察したように朔夜はそう言って、鈴音の返事も聞かないうちに覆い被さってくる。

「貴女が二度と迷わなくて済むよう、これより三日夜、貴女を抱いて妻とする」

「でも、それでは朔夜様が」

抗議の声はすぐに唇で塞がれてしまう。

「まずは一夜の契りから」

「……んっ」

口づけをしながら、朔夜は甘い舌と唾液を惜しみなく口腔に注ぎ込む。その合間に白いふくらみに手を伸ばすと、掌で感触を確かめるようにやさしく揉みほぐす。

「や、め……朔夜様、待って……」

「私が待つわけがないでしょう。それとも大声で誰か助けを呼びますか？　私以外の男に抱かれたいのなら必死で抵抗することです」

「そんな……」

鈴音は収まっていた涙を静かに零す。

「朔夜様は意地悪です……。わたしの心がどこにあるのか知っていながら、なぜそのようなことをおっしゃるのか」

「ええ、私は意地悪で身勝手な男です。自分のために利用しようと貴女を呼び寄せておきながら、今度は他の男に渡したくないからといって貴女を無理やりにでも妻にしようとしているのだから」

自嘲気味に笑うと、朔夜はまろび出ていた胸の先端に唇を押しつけた。

「あう、っ……ぅ」

「愛らしい蕾ですね。いますぐ可愛がって差し上げますよ」

朔夜は張りのある胸を両手で中央に寄せると、淡く色づく突端を交互に舌で舐り始めた。

「ひっ……ぁ……やっ……あ、……ん……」

唾液で濡れてしまうせいか、朔夜が離れるとよけいに震えを感じる。

「完全に芽吹いてしまいましたね、私に吸われるたび小さな蕾がかすかに震えて、もっと愛でて欲しいと訴えていますよ」

「そんな……あっ……ぁんっ……」

一方の蕾を舌が転がせば、もう一方の蕾を指が苛む。それぞれの異なる刺激に、鈴音は身を捩らせながら耐えるしかない。

「昨夜はこの花びらに、舌と指で触れたのですよ」

朔夜は小さく笑って、鈴音の恥丘にそっと触れた。

「う……っ」

「最初は怯えて体を強張らせているだけだったのに、後のほうからはひどく感じているようでしたね」

「そ、それは……」

「何か理由でも？」

朔夜に顔を覗き込まれ、鈴音は眼を泳がせながら答える。

「あ、あのときは……薄羽の顔が朔夜様に見えてしまって……」

朔夜がわずかに目を見開き、嬉しげな声を発する。

「では、私に触れられていると錯覚して、あのように甘い声を上げられていたのですか？」

「……っ」

恥ずかしさのあまり眼を合わせないまま横を向くと、朔夜の手で顔を正面に向けられる。

きっといまのわたしは朝焼けのように顔を染めているはずだ。

そんな鈴音の顔を片手がくいっと持ち上げて、朔夜の艶めく眼差しがじっと浴びせかけられる。秀麗な双眸を間近に見て、思わずぼうっと見惚れてしまった。

「きっと私たちは出逢うべくして出逢ったのですね」

それは初めて見る、朔夜の幸せそうな笑みだった。心から微笑む朔夜の姿は、たとえようもないほど眩しく鮮麗だった。

そんなふうに微笑みかけられるだけで、心が甘く蕩け、体の芯が熱く火照っていくような気がした。

「私に貴女のすべてをください。消えるのは夜須子ひとりで十分です。貴女が犠牲になる必要はない」

「でも……」

「それとも無位無冠の男と夫婦になるのが不安ですか？　今の暮らしより困窮するのではないかと心配されているのですか？」

「いいえ、そんなことはありません」

「では、大人しく私の妻になってください。……確か貴女はここが感じるのでしたね」

朔夜は鈴音の脚を開くと、秘裂の上の芽粒を唇で挟んだ。

「あぁ……」

二度目の愛撫は的確で容赦がない。鈴音の感じる陰核を舌で突くと、淫裂の狭間から透明な蜜がすぐに滲み出してきた。

「これなら難なく指も受け入れていただけそうですね」

「う、あ……っ」

長い指が蜜口に差し込まれたかと思うと、狭い隘路《あいろ》を拓くようにゆっくりと掻き回される。そのたびに鈴音の耳には生々しい水音が届いて、体に淫らな感情を呼び起こす。

「あ……朔、夜様……そ、こ……あ、ぃ、い……」

愛される喜びと、与えられる喜びに鈴音は喜悦の声を漏らす。

想う方に求められるということは、こんなにも甘い疼きをもたらすのだ。

薄羽に同じことを施されたときは、相手が朔夜と知らず、心も通じていなかったので、ただ恥ずかしさと鈍い違和感だけが募り、いまのように体が反応を示すことはなかった。

それなのに朔夜の指が内壁を擦り上げ、激しく奥まで突き入れてくるたび、鈴音は体をくねらせ身悶えてしまう。

指を二本に増やされて、しばらくすると三本目がゆっくりと入ってきた。

「あ、そんな……や……無理です……」

「そんなことありませんよ、貴女は上手に呑み込んでいる。その証拠に貴女の膣肉が私の指を捕らえたまま放そうとしない」

朔夜は蜜壷に留まった指で、中を抉るようにぐるりと回転させる。

「ひぃ……ぁ、うぅ……」

やがて指が抽送をはじめると、秘所から尽きることなく蜜液が零れ、流れ落ちた雫が花唇ばかりか尻まで濡らした。

「感じているのですね」

ぐちゃぐちゃと蜜が立てる淫靡な水音は、鈴音ばかりか朔夜の本能にまで火をつける。

「出来るだけ力を抜いていてください」

指が抜かれた後、そう言って朔夜の腰が進んできたかと思うと、ぬかるむ蜜口に硬い剛直を押し当てられる。

「……ぅ」

先ほど見た朔夜のものが中に入ってこようとしている。あんなに太く長いものが腹におさまるとは到底思えない。

けれど陰茎の先の亀頭は蜜口の襞をゆっくりとこじ開けて、ずん、ずん、と鈍い衝撃を与えながら奥へ奥へと穿っていく。

「は、ぅう……」

あまりの圧迫感に息が出来ない。丹念に解されたとはいえ、男の肉茎を受け入れるのは初めてのことだ。

「く……っ……狭い……」

苦悶の呻きを上げたのは鈴音だけではなかった。

朔夜の険しい顔を見て、鈴音はなんとか体から力を抜こうとした。朔夜のためならどんなことでも耐えられる気がする。

「朔夜様……」

いつしか視線が重なり、ふたりは見つめ合ったまま互いの手を取り合って指を絡めた。

朔夜の手を摑む鈴音の指先は白くなるほど力が込められている。

「もう少し……あと少しで、全部埋まってしまいますよ」

「は、……っぐ、ぅ……」

「これで貴女は私のものだ」

「ひぃ、あ、ぁあ……っ」

最後の一突きが加えられると、これまで経験したことのない圧迫感で腹が膨れる。

「あと二夜、契りを交わせば私と貴女は正式な夫婦ですね」

「あ、ぁ……」

蜜壷に留まる圧迫にじっと耐えていると、鈴音の呼吸が整うのを待つようにして、長大な陰茎がずるりと抜かれようとした。

ああ、これで夫婦の契りが終わったんだわ。

ほっとしたのも束の間、蜜口からすべてが抜き取られる前に、熱く滾った剛直がふたたび蜜路の奥へと戻っていった。

「いっ、あぁ……あ、……」

蜜路に突きたった屹立は、ゆっくりと内壁を抉りながら前後に律動を繰り返す。

「あ、っ……あ……あっ……っ……あ、ぁんっ……」

肉棒に内壁を突き上げられる度、鈴音の口から吐息が押し出される。体を気遣う緩慢な動作は破瓜の痛みこそ軽減させたが、そのもどかしい動きのせいで蜜口を塞ぐ異物の存在をより鮮明にしていた。

「鈴音、私の可愛い鈴音」

そのうち、違和感でしかなかった圧迫感が不思議な充溢《じゅういつ》感へと変わり、鈴音の蜜壷に奇妙な痺れと疼きをもたらし始める。

「さ、朔夜……さ、……」

おそろしくなって呼びかけると、朔夜の唇が応えるように重なる。

「んっ……ふ……っ……う、ぁん……」

　上と下、それぞれを肉の突起が甘く掻き乱す。やがて、どちらの口からも悩ましい音が溢れるようになっていた。

「綺麗だ……貴女は心だけでなく、乱れる姿まで美しい……」

　朔夜はうっとりしながら淫蕩に濡れた鈴音の瞳を覗き込み、腰の動きを速めていく。男根が動かされるたび肉のぶつかる音がする。

「や……ぁ……う、ぅ……そこ……も、……だめぇ……」

　次から次へと与えられる刺激に鈴音の頭は真っ白になる。

　視界が狭まり聴覚だけが鋭敏になって、ぐちゃぐちゃと蜜壺を泡立てる音だけが、さっきから耳に突き刺さる。その淫靡な響きは、今にも深い水底へ引きずり込もうとしているようだ。

「うあぅ、いっ、あ、いぃ……あ、…………」

　そんな鈴音の変化にいち早く気づくと、朔夜は鈴音の脚を持ち上げるようにしながら速めの抽送を繰り返した。

「ひぃ……やんっ……あ、ぁあ、はぁっ……あん……も、……んん、っ……」

　激しく蜜壺を抉られて鈴音の思考が蕩けていく。

「っ……ん……っ、あ、あっ……ひ……っ……ぅ」

「く……っ……」

やがて朔夜の低い呻きを耳にすると、鈴音の中で何かが弾けた。

蜜壺の中で朔夜の陽物が大きく身震いしてゆっくりと引き抜かれると、股ぐらのあいだから蜜と精とが混じり合ったとろりとした体液が零れ、鈴音の尻を冷たく濡らした。

「はあ……はぁ……」

荒い息が夜空に散って溶けていく。

ふたり横になって抱き合っていると、いつの間に晴れたのか、上弦の月が熱く火照った体を青い光で包んでいた。

第六章　秘夜

朔夜は小桂で包《くる》んだ鈴音を褥の上にそっと横たえると、乱れの残る髪をやさしく指で梳《と》いた。

「このまま朝まで共寝をしていたいのですが、貴女を妻に迎えるまでは大納言の目を欺《あざむ》かなければなりません。私たちの仲が知れれば、必ず邪魔をしてくるでしょう」

朔夜と一夜を契った後では、鈴音にも覚悟ができていた。

「貴女と共に穏やかに暮らせるなら、貴族の身分を捨てることも厭《いと》わない。必要とあればみずから田畑を耕し、魚捕りに行ってもかまいません」

強い決意を聞かされて、鈴音も心をひとつにする。

「はい、わたしも朔夜様と一緒にいられるならどんなことでもいたします」

健気に頷く姿を見て、朔夜はたまらずその額に唇を押し当てた。

「では、身代わりの話は断るのですね」

「はい。陽が昇れば大納言様に申し上げて、明日にでも宮家に帰していただきます」

「では、三夜目は貴女のご実家の部屋で逢うことになりますね」

「……はい、朔夜様の訪れを心待ちにしております」

はにかみながら頷くと、華奢な体を強く抱き締められ、耳もとで秘めやかに囁かれる。

「そんな可愛らしいことを言っては、また貴女が欲しくなってしまう」

「……っ」

意味ありげに微笑まれて、鈴音は顔を真っ赤にする。

その初々しさに朔夜は益々離れがたいような表情を見せたが、しばらく髪を弄んでから鈴音の体をそっと押し戻した。

「あとで後朝《きぬぎぬ》の歌を誰かに届けさせます。女房が起こしに来たら具合が悪いとでも言ってゆっくりお休みになってください。……随分、無理をさせてしまいましたから」

確かに破瓜《はか》されたばかりの体は重く、まだ腹の中に朔夜が詰まっている気がする。

「また今宵、逢いにきます」

名残惜しそうに何度も振り返りながら、朔夜は部屋を後にする。

「わたしが朔夜様の妻に……」

初めて味わう歓びに、鈴音はうっとり目を閉じた。

すると、疲れと緊張の溜まった体に睡魔が訪れて、鈴音はいつの間にかぐっすりと眠り込んでしまっていた。


「鈴音様、鈴音様……」

青竹の女房が横になっていた鈴音の体を揺り動かす。

「……ん……どうしたのですか……？」

鈴音はいったん起きて用事を済ませた後、すぐに具合が悪いと言って、今までずっと横になっていた。そんな鈴音の前に、青竹の女房は恐縮した様子で手をついた。

「体調が優れぬところ起こしてしまい申し訳ございません。私が今朝、鈴音様よりお預かりして届けた文の件で大納言様がぜひ話がしたいとおっしゃっています」

やはり文だけでは済まないらしい……。

鈴音はある程度覚悟していたため、青竹の女房の手を借りて支度を済ますと、御簾の中で大納言の訪れを待っていた。

「……文は読ませていただいた」

部屋を訪れた大納言は人払いすると、早速本題に入った。

「文には身代わりを辞退して、明日にでも宮家に戻りたいと書いてあったが……。なぜだ、鈴音殿がここに残れば天音の後ろ盾になってやると言っているのだぞ」

大納言は納得がいかない様子で苛立ちを露わにしている。

けれど心を決めた後では、想いが揺らぐことはない。

「申し訳ございません。やはり人助けとはいえ、夜須子姫と偽って入内することが怖ろしくなってしまいました」

「――本当にそれだけかな？」

探るような目つきで大納言が御簾越しに睨む。その手には真新しい檜扇があって、やはり忙しなく開け閉めしている。

「この件には朔夜が関係しているのではないか？」

「……っ」

鈴音は思わず息を呑み、口を閉ざした。

だが権謀術数に長けた大納言相手では、到底隠しきることはできない。すでに大納言は何かに勘づいている様子で、先ほどから疑り深い眼差しで御簾の奥を見据えていた。

「朔夜の態度は明らかに変わった。あれが鈴音殿を身代わりにしたくないと考えているのは、何か鈴音殿に特別な想いがあるからではないのか？」

「……」

どうしよう……悟られてはいけないと言われていたのに……。

隠し事ができない鈴音は、ただ黙ってやり過ごすしかない。

やがて大納言は説き伏せるように話しかけてきた。

「朔夜の気持ちもわからなくはない。だが一時の感情に振り回されてはすべてを失うことになる」

「べ、べつに朔夜様とは……」

「私の目は節穴ではないぞ」

「……っ」

大納言はきっぱり言い切ると、これまで鈴音に見せていた穏やかな表情を一変させ、脅す口調で責め立てだす。

「貴女の母君の話をお忘れになったのか。私たちも一時は愛し合った仲であったが、結局は結ばれることはなかった。だが結果として、藤の君は宮という良き伴侶を見つけ可愛いお子にも恵まれた。今回もそれと同じことではないだろうか」

「……」

「それに宮家に戻ったところで、いずれ困窮するのは目に見えている。この邸で何不自由なく暮らしていた朔夜を惨めな生活に貶《おとし》めて、最後はふたりで入水でもするおつもりか」

「そんな……」

「なあ、鈴音殿」

大納言が目を細め、懐柔するように囁きかけてくる。

「愛する者を思って身を引く事こそ真実《まこと》の愛ではないのかな。たとえ今は辛くとも、後から必ず別れて良かったと思える時がくる。だからどうか朔夜のために、身代わりを引き受けてはくれないか」

「わたしは……」

朔夜のことが頭に浮かぶ。けれど朔夜であれば、大納言に言われたようなこともすべて承知の上で、鈴音を妻にと望んでくれたはずだ。

朔夜を信じることができても、大納言を信じることはできない。

断わろうと鈴音が口を開きかけた時、大納言は忙しなく開け閉めしていた檜扇を閉じて不穏な言葉を口にした。

「鈴音殿がこの話を断るなら、朔夜と北の方には遠国に行ってもらわねばならないな。

……道中、夜盗に遭わないとよいが」

「え……っ」

「夜須子も死ぬのだ。この際、北の方と朔夜にも消えてもらったほうが安泰だとは思わないか」

「そんな……」

もしも大納言が朔夜の言っていた通りの人間なら、己の出世や保身のために邪魔者を排することも厭わないだろう。

朔夜様……わたしはどうすれば……。

「どうかな？　身代わりの件を引き受けてもらえるかな。貴女の答え次第で、私の心は決まるのだよ」

鈴音はさっと顔を青ざめさせ、膝の上でぎゅっと拳を握る。もう、残された答えはひとつしかない。

「……はい」

大納言は持っていた檜扇をぱっと広げ、それで顔を扇ぎながら満足そうに微笑んだ。

「うん、うん、鈴音殿ならわかってくださると思っていた。おお、そうだ。今宵は鈴音殿のために宴を催すことにしよう」

「……いえ、とてもそんな気分では」

暗い声を出すと、大納言は笑いを収め、檜扇で扇ぐ手を止めた。

「天音に会いたくはないのか？」

「それは……」

「ならば宴には顔を出すことだ。なにせ鈴音殿として天音に会うのは、これが最後になるのだからな」

まだなにか企んでいるのか、大納言は立ち上がると鈴音を見下ろしながら告げた。

「これからは私の指示通りに動いてもらおう。邸の者に宴の差配を済ませたら、また鈴音殿のもとへ訪れる。詳しいことはそれからだ」

大納言はそう言い置くと、足早に寝殿へと戻っていった。


その夜、寝殿に面した南庭に管絃の宴の座が設けられた。

広い池の後ろには築山《つきやま》があり、紅の太鼓橋が掛かっているのが見える。庭には幾つもの篝火《かがりび》が焚かれ、雅楽《ががく》を奏でる奏者や舞人たちが、いつでも管絃舞楽を始められるよう待機していた。

表向きは、病床にいる夜須子姫を慰めるための宴となっているので、寝殿に集まっている見物人のほとんどが大納言邸に関わる者たちだった。

庭に面した御簾の中、唯一灯りが落とされた場所で鈴音が待っていると、大納言に挨拶を済ませた天音がいそいそとやってきた。

「鈴音、鈴音はいるのか？」

「はい、いま参ります」

夜に内側の灯りを落としていると、外からは御簾の中を覗くことができない。

鈴音が膝行して天音の側近くの御簾まで寄ると、ようやく天音の目にも妹の影を認めることができたようだ。

「内々の宴とはいえ、これほどの奏者や舞人をすぐに集めることが出来るとは、さすがは大納言様といったところだな。今宵はその中心となって、私の龍笛を披露できるとは喜ばしい限りだ」

久々に対面する天音は、別れた時より元気そうに見える。

「はい、わたしも久々にお兄様の笛を聴くことができるのでうれしいです」

天音は頷きながら、周囲を窺うように、声を潜めて話しかけてくる。

「なぜこちらの御簾だけ灯りを落としているのだ？　夜須子姫はまだお越しではないの

か？」

「いえ、後ろの褥で横になっておられます」

「ああ、成程。それで高燈台に灯を入れず、外から姿を見られないようにしているのだな」

「はい、やつれたお姿を誰にも見られたくないとおっしゃられて……」

天音にそう説明しながら、御簾の一番奥に敷かれた褥を見る。

だがそこには誰の姿もない。

朔夜は大納言の命で外に出かけたまま戻っていない。宴のあいだは鈴音だけが夜須子姫に付き添うふりで、無人の褥にあたかも夜須子が寝ているように見せかけているのだ。

これもわたしと夜須子姫が入れ替わるための策略……。

すべてが大納言の思惑通りに動いている。鈴音はただ黙って従うことしかできない。

うち沈む鈴音とは対照的に、天音は喜色満面だった。

「先ほど、大納言様にご挨拶した際、私の後ろ盾になってくださるとおっしゃられた。これもすべてお前のお陰だ。今宵は鈴音と夜須子姫のために心を込めて奏してみせよう」

「……はい、楽しみにしております」

「ああ、そういえば松尾がお前によろしく伝えて欲しいと言っていた」

「松尾が？　それでは……」

「意趣返しのつもりなのか、右衛門少尉に体よく追い出されて戻ってきたのだ。まあ、私が官位を得れば、右衛門少尉ごとき顎でこき使ってやるがな」

「それで松尾は元気にしているのですか？」

「ああ、一日も早くお前に仕えたいと言っている。何なら大納言様に頼んで、ここに松尾を呼び寄せてはどうだ？」

「……そうですね、考えておきます」

天音が軽い足取りで奏者の席に戻ると、皆の注目も庭へと向けられた。

鈴音は誰もいない褥の側に戻ると、置いてある脇息に寄りかかったまま、庭の篝火の炎をぼんやりと眺める。すると篝火の薪《まき》が爆《は》ぜるたび、夜空に火の粉が舞い散った。

まるで朔夜様と初めて会った晩のよう……。

密会の夜を思い出すと、鈴音の胸はせつなく痛む。

あの時はまさかこんなことになるとは思ってもみなかった。これから朔夜を欺き、明日にはここを出なければならないなんて。

鈴音が深いため息をついた時、ふいに背後から手が伸びて誰かに口を塞がれた。

「んん……っ」

「お静かに、私です」

耳もとで朔夜の艶めく声がする。

口から手が離されて振り向いても、御簾の中に灯りがないので黒い輪郭しかわからない。それでも背中から腰に回された腕の温もりや、狩衣から漂う香の薫りは朔夜のものでしかあり得ない。

一度肌を合わせたせいかしら……。

体がわずかに触れるだけで、お互いの存在をはっきりと感じるようになっていた。

折しも合奏が始まると、御簾の中に様々な楽器の音色が響いてくる。

十七本の竹を束ねた笙《しょう》という楽器は天から射し込む様々な光を表し、篳篥《ひちりき》は地上の音や人の声を表した。そして天音が得意とする龍笛《りゅうてき》は、天と地の狭間を駆け巡る龍を象徴しているのだという。

荘厳な雅楽の音色に遠慮しつつ、鈴音は声を潜めて朔夜に問うた。

「大納言様のご用は、もうお済みになったのですか？」

「いいえ。じつは貴女に逢いたくて抜け出してきました。いよいよ北の方を遠国の尼寺へ移すことになり、いまはその手配に追われているところです」

「そう、なんですね。急なお話で驚きました」

鈴音から朔夜を遠ざけるための策略を、大納言から事前に聞かされていたが、朔夜の手前驚くふりをする。

「これで安心して貴女と暮らすことが出来ます」

「ええ……」

雅楽の調べに合わせるように、朔夜が座ったまま鈴音の体を抱き寄せると、庭では舞人が踊り始める。

「大納言の計らいで管絃舞楽の宴を開くことになったそうですね」

「ええ、わたしが宮家に戻りたいと申し上げたら、お兄様を呼んで宴を開くという流れになったのです」

「そうやって貴女の機嫌を取って、帰さないつもりなのでしょう」

「……そうだとしても、お兄様にお会いできるのは嬉しいです」

朔夜は押し黙ると、しばらく雅楽に耳を傾けた。

「天音殿の龍笛の音色は確かに見事だ。才能と人となりとは関係ないということですね」

「まあ、それをお兄様の前で言ってはいけませんよ」

慌てる鈴音に、朔夜がくすりと笑う。

「私の義兄《あに》になる方です。それくらい心得ておりますよ。だが、貴女には申し訳ないが、私はどうしても天音殿が好きになれない」

　臆面なく言ってのける朔夜に微苦笑を浮かべてしまう。

「それならきっと松尾と馬が合いますね。いまは宮家に戻っているそうです」

「では明日、宮家へ行けば松尾殿にも会えるのですね」

　ようやく眼が暗闇に慣れたのか、朔夜が向ける笑顔が見えた。

「そうですね」

　鈴音も笑みを返しながら、胸の内では三人で会うことは永遠にないのです、と呟いていた。なぜなら明日の朝早く、大納言の用意した隠れ家に身を移すことになる。

　朔夜様とは今宵でお別れなんだわ……。

　胸の痛みに苦しみながら、鈴音は笑顔で堪え忍ぶ。

　朔夜は鈴音の腕を引くと、褥の上へ導こうとする。

「朔夜様？」

「今宵で二夜目ですね」

　ふっと笑う気配がして、すぐに唇が重ねられ張袴の帯が解かれそうになる。

「っ……まさか、こんなところで」

　いくら宴に目が向けられているとはいえ、いつ何時、御簾の中へ人が来るかわからない。

内側が暗ければ外からは見えないと理屈ではわかっていても、周りに人が大勢いることには変わりない。

「貴女に逢うため牛車を残し、馬で駆けてきたのですよ」

「わたしも……朝にお別れしてから、朔夜様のことばかり考えておりました」

まさかその間に大納言と密約を交わし、身代わりを引き受けることになるとは思わなかった。

これも朔夜様をお守りするため……。

今宵で朔夜に逢えなくなると思うと、胸が張り裂けそうに痛い。

迫る別れに姫としての慎《つつし》みも忘れ、みずから朔夜に口づけた。

「鈴音……っ」

その行為は朔夜の欲望にたやすく火をつける。

褥の上に鈴音を押し倒すと、性急に衣紋紐を抜き、張袴の帯を解く。

朔夜は、鈴音の重なる衿を一気に開くと闇に浮かぶ柔らかな乳房を掌に包んだ。

「ん……っ」

鈴音の乳房を揉みしだきながら、仰け反る白いうなじに唇を這わせる。

庭では大勢の人間が雅楽を奏で、舞を見せているというのに、御簾を挟んだこちら側だけが異界に取り残されたように暗く沈んでいる。

朔夜の舌が耳をくすぐるように嬲《なぶ》ると、鈴音の胸の尖りが硬く凝る。それを指で押し潰されると、痺れるような感覚が鈴音の足の先まで駆け巡った。

「体が熱くなっていますよ。そんなにも私に触れられるのが待ち遠しかったのですか」

昨日までの鈴音なら、ただ顔を朱に染めて黙りこんでいるだけだったろう。

けれど別れの時が迫っていると思うと、こみ上げる思いを誤魔化すこともやりすごすこともできなかった。

「はしたない姫と思われるかもしれませんが、わたしは、朔夜様に触れて欲しいのです」

「貴女は本当に困った姫だ。私の心をこんなにも捕らえているのに、まだ足りないとおっしゃるおつもりですか。私の冷えきった心をこんなに熱く昂ぶらせることができるのは、貴女しかいないというのに……」

朔夜は鈴音の右手を取ると、その指先に軽く口づけ、強く熱望した。

「貴女にも、私に触れて感じて欲しい」

朔夜に導かれるように、鈴音の手が指貫袴まで運ばれる。いつの間に寛げたのか、怒張した朔夜の昂ぶりが姿を見せていた。

「ここで貴女を愛するのですよ。さあ、優しく手で包んで上下に扱《しご》いてみてください」

朔夜は鈴音の手を誘って自分の屹立を直に握らせると、その手の上から指南するように何度か一緒に扱いてみせた。

こんなに熱くて大きなものが、わたしの中に埋まってしまうなんて……。

初めて触れる熱とその質量に、破瓜の痛みのわけを知る。

「そのまま続けてください」

朔夜はそう言い置くと、鈴音に口づけしながら柔らかな乳房の形を淫らに変える。固くしこった尖りは舌で嬲られるたび甘く疼いて得も言われぬ快感を与えてくれた。

「あ、ふ……ん……」

声を出すことができないので、自然と鼻から息が漏れて、それを耐えるためについ四肢にまで力が入ってしまう。

「初夜の時よりも反応がいいようですね。これから私の愛撫でどのように開花していくのか、楽しみです」

「ん……っ……」

敏感な部分を舌で転がされ指で擦られると、体の芯が熱を持ち汗ばみはじめる。

「いけませんね、手が止まっていますよ」

朔夜は怒張した肉茎をぎゅっと握らせた。すると、鈴音の手の内で肉棒は生き物のように熱く脈打ちまた一段と膨れ上がる。

亀頭の先からは粘つく蜜が零れはじめ、異変に気づいた鈴音は思わず手を引っ込めてしまう。

「どうしたのですか」

「ゆ、指が濡れて……」

「ああ、私の蜜が零れただけですよ。貴女のことと同じように」

朔夜は悪戯っぽく目を細めると、鈴音の秘裂を指でなぞった。

「あ……っ」

そこはまだ触れられてもいないのに、すでに朔夜と同じように蜜が溢れ、媚肉をしとどに濡らしていた。朔夜は指で掬った蜜を鈴音の太股に塗りつける。

「ほら、もうこんなにも濡れている」

「……っ……どうして……」

鈴音が狼狽えて膝を閉じようとすると、朔夜の手がそれを阻んだ。

「恥ずかしがることはありません。互いを求めているからこそ、ここから蜜を零し、もっと深く交わりたいと誘うのですよ」

そう言って朔夜は包皮に埋まった小粒を指先で弄りだした。

「うっ……あ……」

あまりの刺激にくらくらする。息ははあはあと吐き出されるばかりになり、脚はもじもじと動いてじっとしていられなくなる。

「そこ……やあっ……」

鈴音が腰を浮かせると、朔夜は閉じかけた脚を強引に割り開き、その中心に腰を入れた。陰核に触れることを止めず、蜜壺に蓋をするかのように亀頭を秘裂に擦りつける。そうすると、御簾の中にぬちゃぬちゃと淫靡な水音が響き、鈴音の羞恥を煽りたてた。

「んっ……あ、ふぅ……ぁあ……」

「また蜜が溢れた……これでは埒があきませんね」

朔夜は指と屹立で責めるのを止めると、今度は唇で珊瑚色をした花唇を覆った。

「ひっ……ぅん……」

秘裂からとろとろと溢れる蜜を、朔夜の舌が丹念に舐め取る。

「甘い……貴女の匂いがする……」

蠢く舌は飽くことを知らない。媚肉を舌でめくったかと思うと、尖らせた先で陰核を突き、あまつさえその包皮を剝こうとする。

「あ、う……ひ……っ……」

思わず悲鳴に近いため息を漏らし、鈴音ははっと我に返った。誰かに声を聞き咎められはしないかと恐ろしくなったのだ。

けれど女房たちは舞人の動きに見入っているのか、こちらを振り返るような者はいない。鈴音たちの秘め事から漏れる声は、管絃の音色に完全にかき消されてしまっているようだ。

ほっと息を吐いたとき、不機嫌そうな声が上から落ちてくる。

「まだあちらを気にするほど余裕があるのですね？」

朔夜は不満げに眉を顰めると、鈴音が過剰な反応を見せた肉粒をまた執拗に舌で舐りはじめた。

「ふ、ぁ……」

ふいを衝かれた刺激に、また口から声が漏れそうになる。

「しっかり口を閉じていないと、女房たちに気づかれてしまいますよ」

朔夜が揶揄の言葉を口にする。

優しいかと思えば、からかうようなことを言って翻弄する。朔夜は時折、そんな意地の悪さをかいま見せた。

それでも嫌いになれないこの気持ちが人を愛するということだろうか。

「ぅぁっ……朔、夜さ……お願い……そこ、は……も……っ」

止めて欲しいと鈴音がせがめばせがむほど朔夜の舌は淫らに動き、やがては肉粒では飽き足らず蜜口の中までゆるゆると探り出す。

「あ、あぁ……」

終わらない愛撫に、鈴音は褥に広がる小袿をたぐり寄せ、その衣を噛んで何とか身の内の疼きに堪え忍ぼうとする。それを見た朔夜は悪戯を思いついた童のように目を輝かせた。

「声を忍ばせたいのならもっといいものがありますよ」

朔夜はその場に胡座を掻いて、鈴音の体を起こすと、その眼前にそそり勃つ怒張を露わにした。

「私が貴女にして差し上げたように、貴女もその口で私のここをたっぷりと濡らしてください」

「っ……でも……」

「口を塞げば声も出ない。それとも周りに貴女のいやらしい声や音を聞かれてもよろしいのですか？　早くしないと合奏が終わってしまいますよ」

鈴音は緊張から唾を呑むと、恐る恐る黒い昂ぶりに手を添え、小さな口に思いきって含む。

「む、ぐぅ……」

口いっぱいに圧迫感が広がる。とてもではないがすべてを含むことができない。斜めに反った雁首が喉の上部に引っかかり、そこから塩気の混じる粘液の味が広がった。

「ふふ、私も貴女をもっと可愛がらなくては……ちゃんと声を抑えているのですよ」

朔夜は鈴音の背中に手を伸ばし、臀部の間から秘裂に指を突き立てた。

「んん……っ」

声を出したくても、朔夜の昂ぶりを口腔に咥えていてはそれもかなわない。朔夜はさらに脚を開かせると尻を突き上げさせ、蜜に濡れた縦の淫裂に何度も指を突き立てては掻き乱す。

「ぐぅ……っ」

「歯を立てずに、舌と口を使って愛撫するのです。指の動きに合わせて、顎を動かして」

ゆっくりと指が動くのを感じて、鈴音も同じように、頬張る怒張を舌で慰めようとするが思うようにはいかない。

朔夜のそれは鎮《しず》まるどころか鈴音の頬の内側でみっしりと質量を増し、熱く自身を滾らせた。

「ん……ぐぅ……ん、ん……」

喉の奥が苦しい……息ができない……。

眦から涙が零れる。鈴音が苦しげに喘ぐのを察すると、朔夜は優しく声をかけた。

「無理はしなくていいですよ。口から出して舌だけで愛撫してみてください」

「……はい」

鈴音は息の通りを塞いでいた肉茎を出すと、言われるまま亀頭から茎の部分を舌で舐めた。およそ快感にはほど遠い愛撫だが、朔夜にとってはつたない動きは何ともじれったく、鈴音の健気な様子が伝わって別の意味で煽るものがある。

「くっ……これは思った以上ですね……」

朔夜が何かに耐えるように、ぐっと喉を鳴らす。小さな舌で亀頭の割れ目をちろりと舐めるたび、割れ目から透明な蜜が溢れ、鈴音の舌を濡らした。

これと同じものが自分の蜜口から溢れているのかと思うと、羞恥と昂ぶりで体に熱が溜まるのを感じた。

どうやらその熱源は腹の、さらに最奥の胎《はら》にあって、朔夜の愛撫によって生じた熾火《おきび》が何かを溶かして花唇まで蜜を溢れさせているようだった。

御簾の中では互いを愛撫する湿った音とせつないため息が延々と続いた。

すでに鈴音の蜜口は朔夜の指を二本も咥え込まされ、もうそれだけでは満足できないほど中が蠢きひくついていた。

「さ、朔夜様……も、もう……」

堪らぬ疼きを訴えると、朔夜も荒い息を吐きそれに答えた。

「ええ、いますぐ突いて差し上げますよ」

朔夜は鈴音の体を四つん這いにさせると、その尻の狭間から鈴音の秘裂に猛《たけ》る剛直を押し当てた。

「あ……うっ……」

ぬかるむ花唇に添えられた亀頭はひくつく媚肉を掻き分けながら、蜜壺の中へ押し入ろうとする。

朔夜を受け入れるのはこれで二度目だが、穿たれる感触と腹を埋めていく圧迫感にはいまだ慣れない。幸いなのは一度目のような痛みがすぐに薄れてしまったことだ。

「くっ……きつい……」

雁首を押し込んだ辺りで、掻き分ける力と押し出す力が拮抗する。

「鈴音、もっと息を楽にして。脚の力を抜くのです」

「は、はい……」

そう答えたものの慣れない体勢に四肢が突っ張る。朔夜は鈴音の細腰を両手で摑むと、後ろから一息に残る陰茎を押し込んだ。

「ひっ……ぅう……」

息が喉に詰まる。内壁を抉る感触に冷や汗が流れる。

「これで全部埋まった」

挿入こそ強引だったものの、朔夜はそこで動きを止め、そっと問いかける。

「貴女の中に私がいるのがわかりますか」

「は、い……」

腹に手を当てると、無意識に力がこもる。

「そんなに食いしめていては思うように動けませんよ。貴女も苦しいでしょうが、もっと力を抜いてください」

その時、笙の音がいっそう高く響き渡った。それを聞いた朔夜の声から余裕が消える。

「どうやらあまり時がないようですね。少し急ぎますよ」

頷く前に朔夜の腰が動いて、鈴音の体も上下に揺さぶられる。

「あ、ん……んぁ、ん……うぅ……んっ……」

必死で声を抑えるが、深く奥を抉られるたび息が漏れるのを止められない。

「ふ、っあぁ……は……っ……あ、ん……っ」

性急な腰の動きに肉が擦れるたび、雅楽の音に紛れ淫水の音が大きく響く。合奏も終わ

りに近づいているのか、あらゆる楽器が大きな音色を放っていた。そんな音色と競うように、朔夜の動きも終演に向けて速度を増していく。

「あ、うぅ……あ、あ、あぁ……」

突かれるたび鈴音の乳房がぶるんと揺れる。肉壺の壁は朔夜の昂ぶりに擦られるたび甘い痺れを生み出し、欲しがるように襞が朔夜に絡みついた。

「あぁ……もっと……」

鈴音は振り返りねだるように朔夜を見上げた。情欲に染まる姿は普段の清楚な彼女からは想像がつかないほど、淫靡で卑らしく鮮烈だった。

「鈴音……っ」

堪らず朔夜は鈴音の背中に覆い被さると、たゆむ乳房を揉みしだき、場所も時も忘れて激しく深く穿ち始めた。

「ひぃ……っ」

その鮮烈な腹を擦る動きに胎の熾火がぱっと燃え上がる。その炎が鈴音の体を激しく炙《あぶ》り身悶えするほど熱を生んだ。

鈴音は何度も声を上げかけたが、時折高まる合奏の音にここは宴の席だと咎められ、辛うじて耐えることができた。

「あ、……は、ぁ……はぁ、は、ぅ……くぅ、ん……っ……」

いっそ意識が飛んだほうが楽だと思えるほど、朔夜の動きは鈴音の体を幾度も追い詰め、涙を零させた。

「ふ……っあぁ……ぃ……ふっう、うぅ……ふぅ……」

ああ、できればこのまま朔夜様の腕の中に囚われてしまいたい……。

鈴音は褥に爪を立てると、迫る別れに声を殺して噎《むせ》び泣いた。

第七章　略夜

牛車の物見窓から、鈴音がまだ暗い空を見上げると、暁の天上に白い月が輝いていた。それでも東の空は曙色に染まりつつあって、輝きを失っていく星の煌めきに朝の訪れを予感する。

闇夜の中ではあれほど心強い月の光も、昇りつつある陽の下ではあまりに頼りなく儚い。まるで鈴音と朔夜の恋のように、優しい輝きは急速に失われつつあった。

鈴音は物見窓を閉じると、牛車に揺られながら朔夜と交わした会話を思い起こしていた。慌ただしく二夜目を契ったふたりは次の舞が始まると、急いで互いの身支度を終えた。

「すまない、本当なら女房を呼んで着付けさせるところだが」

「いいえ、こうして朔夜様の身支度のお手伝いが出来て嬉しいです。貧しい暮らしも捨てたものではありませんね」

鈴音が笑うと朔夜も笑顔で答えた。

「自分で着替えをする姫など、都中探してもどこにもいないでしょうね」

「そんなこと仰ったら女房装束の似合う公達もどこを探してもいらっしゃいませんよ。はい、できました」

身を屈めた朔夜の頭に鈴音が烏帽子を被せると、

「お互い特別な相手ということですね」

朔夜は嬉しそうに口もとを綻ばせた。

「明日、宮家に戻った貴女と三夜目を過ごし三日夜餅を食べれば、私たちは晴れて夫婦ということです」

「……はい」

その日が来ないことを鈴音だけが知っている。

「どうかしましたか？」

「い、いえ。あまりに嬉しくて……あっ」

朔夜は鈴音の体を抱き寄せると、その首筋に顔を埋めるようにして思いの丈を込めるようにして囁いた。

「明日で貴女は私の妻。永遠に私だけのものだ」

その言葉は鈴音の心を甘く蕩けさせ、同時に深く胸を貫く。

どんなに強く望んでも、ふたりの望みが叶うことはない。

何故なら陽が昇る前に鈴音は、天音に同行するふりをして大納言の用意した隠れ家に移るのだから。

「朔夜様」

「……」

呼びかけると、朔夜の穏やかな視線が向けられた。感情を失《な》くしたはずの朔夜の瞳に鈴音への想いが色濃く映し出されている。

鈴音は一瞬躊躇したものの、大納言の指示通りに言葉を続けた。

「宴が終わり朝を迎えたら、わたしはお兄様と一緒に宮家へ戻ります」

「それが良い」

朔夜は何の疑いもなく微笑んでいた。すべてが大納言の思惑通りに動いているとも知らずに。

「では、明日に備え、私も事前に動くことにいたしましょう」

「どこかへ行かれるのですか？」

「この邸を出る前に、今後の北の方の処遇について大納言と話し合っておかなければなりません。そうしておけば、私がいなくても後は大納言がどうにかするでしょう」

「そう、ですね……」

もっと朔夜に傍にいて欲しいが、そういう事情ならば引き止めるわけにはいかない。

「どうしました、暗い顔をして？　そんなに私と離れるのが寂しいのですか？」

軽口のつもりで言ったのだろうが、鈴音には冗談にできる余裕も時間も残されていない。

朔夜をじっと見上げ、その姿を目に焼きつける。

「そんな顔をされては離れがたくなる」

朔夜は胸に小さな頭を引き寄せ、長く艶やかな髪を弄ぶ。

髪にやさしく触れられながら、その頼もしい腕の中で目を閉じる。衣に染み込む白檀の香りを胸に深く吸い込んだ。

やはりわたしには朔夜様の将来を断つことはできない。

大納言様が仰っていたように、今は辛くても、お母様と同じようにこれで良かったのだと思える日がいつか訪れるのかもしれない。

無理やり自分にそう言い聞かせ、胸の苦しみに耐えようとした。

愛する人から妻にと望まれ、二夜も過ごせたのは奇跡に近い。

別れる間際、心の奥で朔夜にそっと別れを告げた。

鈴音を乗せた牛車は右京にある小さな邸宅に着いた。大納言は一足早く、その隠れ家で鈴音の到着を待っていた。

「ここは以前、私が通っていた女のために用意した小邸だ。いまは誰も住んでいないが、手入れをさせておいたので当分住まう分には問題なかろう」

「……ありがとうございます」

鈴音は几帳越しに礼を言いながら、そっと室内に視線を巡らせた。

几帳や部屋の調度品は急ごしらえで集めたせいか、どれもこれも不揃いで統一感がない。だが、大納言の言った通り部屋の中は手入れが行き届いていて、どこにも荒んだ様子はなかった。

平安京の北から南にかけては高低差が生じているため、右京側になると湿地帯が多く居住には適さない。そのため貴族のほとんどが左京側に邸宅を構えていた。

鈴音が身を隠すなら、日頃、貴族が寄りつかない右京の小邸はぴったりの場所だった。

「ここは朔夜も知らない邸宅だ。鈴音殿の文を見せればしばらくは騒ぐだろうが、じき諦めて北の方を遠国に送り、そのまま私の隠し子として公達になることにも承知するだろう」

鈴音は大納言邸を出る前に、朔夜宛ての文を書き残した。

内容はすべて大納言に指示されたものだ。貧乏暮らしに戻りたくない鈴音は、女としての栄華を極めるため夜須子として入内することを決めた――というような内容が言葉を変えて書いてある。朔夜がその文を読めば、薄情な女だと鈴音を恨むかもしれない。

だが彼らの命を握られている以上、鈴音が朔夜や天音にしてやれることはこの道しかない。

「大納言様、朔夜様やお兄様のこと、くれぐれもよろしくお願いいたします」

「ああ、その代わり鈴音殿には今日を限りに消えていただく。ただ今より貴女は私の娘、夜須子となるのだ」

「……はい、お父様」

大納言は満足そうに頷くと、小邸に青竹の女房と数人の下人を残し、ふたたび大納言邸へと戻っていった。

どこにいても陽は同じように巡る。鈴音は陽が沈むと簀子へ出て空を見上げていた。夕暮れ辺りから空を覆い始めた厚い灰色の雲が急流の勢いで空を流れていく。

小邸には庭と呼べるほどの庭もなく、申し訳程度に植えられた低木のすぐ後ろには往来と敷地を隔てるための築地があった。

部屋の中にいては気が塞いでしまうので少しでも明るい月を見たいと思ったが、この分では無理かもしれない。

鈴音は深いため息をついた。

今頃朔夜は鈴音の残した文を見つけて慌てているだろうか。それともあっさり打ち捨ててしまっているだろうか。

思い返してみれば、朔夜とはまともに褥の上で過ごしたことがない。一度目は坪庭で、二度目は宴を催す御簾の中。

でも、かえってそのほうが良かったのかもしれない。

夜須子として入内すれば、否応無しに帝と褥の上で夜を過ごすことになる。そんな時に朔夜のことを想い出しては、平常心ではいられないだろう。

男を受け入れるのは初めての振りをして帝の寵愛を受ける夜は、鈴音にとって責め苦となり、その心が本当はどこにあるのか思い知らされるに違いない。

そう思うと心ばかりか体まで寂しく疼いて、鈴音の胸をせつなくさせる。

逢いたい……もう一度、朔夜様に逢いたい……。

夜風が一層強まって、庭の木々がざわめき出す。空は墨で塗り潰したように真っ暗で、どんなに目を凝らしても星ひとつ見つけることができない。

やがて青竹の女房が現れると、共に付き従っていた別の女房に格子を下ろすよう指示をした。

「夜須子様、今宵は雲行きが怪しゅうございます。早めに格子を下ろしますので、部屋にお戻りくださいませ」

「……はい」

小邸内に於《おい》て、鈴音はすでに夜須子として扱われていた。

ここで事情を知るのは青竹の女房ただひとりだが、他の者たちは静養か何かのため、夜須子がここに滞在していると思っているらしい。

鈴音もそれを承知していたので、青竹の女房に促されるまま簀子に背を向ける。

すると格子の下ろされるばたばたという音に交じって、馬の嘶きを背後で聞いた。だが馬はすぐにどこかへ駆け去ってしまう。今にも降り出しそうな空模様に家路を急いでいるのかもしれない。

こぢんまりとした小邸には二畳が敷いてあり、その上に中敷きの畳や茵《しとね》などを敷いて四方を几帳で囲んだ簡単な褥が用意されていた。夜須子は病床にあることになっているので常時、褥が用意されているのだ。

鈴音は青竹の女房の手を借り、小袖と張袴の下着姿になる。

この小邸に居て、鈴音にすることがあるとすれば、以前、北の方が夜須子として書き送った文に少しでも字を近づけられるよう書写するしかない。たとえ入内までに習得できなくても大納言がうまく言い繕うと請け合っていた。確かに病で臥せり気質が様変わりしてしまう話は絵巻物でも読んだことがある。

「……いまの声は何でしょう?」

ふいに青竹の女房に問われ、鈴音は物思いから我に返る。

言われて耳を澄ませば、確かに邸の門の辺りで何やら騒ぐ声がする。

「様子を見て参ります」

不審に思った青竹の女房ともうひとりの女房が、鈴音を置いて部屋から出て行った。だが遠ざかったはずの足音はすぐにこちらへと戻ってくる。

「夜須子様、お隠れください!　誰かが邸内に押し入ったようです!」

そうは言われても、狭い部屋では身を隠す場所などほとんどない。鈴音は急いで几帳の裏に入ると褥の上に身を伏せた。

「そこを退け」

男の低い怒声がして、誰かが部屋へ踏み込んできた。

「ひぃ……！」

盗賊かもしれない……！

鈴音は几帳に垂らした帳《とばり》の隙間からそっと外の様子を窺った。

わずかな隙間からはすべての姿を捉えることはできないが、濃紺に銀の刺繍を施した狩衣の男が立っているのが見える。右の手には抜き身の太刀が握られていて、高燈台の灯りを受けて鈍い光を放っていた。

やっぱり盗賊だわ。ここにいてもすぐに見つかる。

几帳の陰で震えていると、男の近づく足音がして目の前の几帳をはね除けられた。

咄嗟に目をつぶると、凄まじい音をたてて几帳が床に倒れる音がした。鈴音は振り下ろされる刃を見るのが怖くて、座り込んだまま縮こまる。

しかし、いつまでたっても体に刃が突き立てられる気配がない。

鈴音は怪訝に思い、ゆっくりと瞼を開くと恐る恐る目線を上げ、そこにいた人物を認めて大きく眼を見開いた。

「朔夜、様……」

なぜ？　どうしてここ？

「……」

仁王立ちになって鈴音を見下ろしていたのは、能面のように表情を無くした朔夜だった。底冷えするような眼差しをこちらに向けている。それはいつか見た北の方のように、鬼火のごとく昏い燐光を瞳の底から放っていた。

「鈴音」

その名を呼ばれ、鈴音は慌てて袂《たもと》で顔を隠した。

「いいえ、そのような者はおりません。お人違いです」

すると朔夜を追ってきた下人が前へ進み出て言った。

「ほら、申し上げたではございませんか。ここにはお捜しの方はおりません」

すると朔夜は遠巻きに見守る女房の中に青竹の女房の姿を見つけた。

「ここにいるのは鈴音だ。そうだな？」

「い、いいえ、違います。ですからどうぞお引き取りを」

青竹の女房が頭を下げると、朔夜が鼻で笑う。

「出て行くのはお前たちのほうだ。今すぐ私たちだけにしろ」

「それは……っ」

朔夜は声を荒らげることなく、握った太刀の切っ先を女房たちに向けた。

「いいから退がっていろ」

明らかな殺意を感じ、その場にいた全員が何も出来ずに立ち尽くす。

鈴音は背中を向けたまま、激しく脈打つ胸に片手を添えていた。

「わかりました、出て行きましょう。ただしこのことは、大納言様へご報告させていただきます」

「勝手にするがいい」

やがて複数の足音が、先を争うようにして部屋から遠ざかって行く。

「こちらを見なさい」

「……」

背中に声を掛けられたが、鈴音は振り向くことができない。そのまま動くこともできず座り込んでいると、その狭い肩に手がかかって容易に振り向かされてしまう。

「……っ」

そこにあるのは以前見た、鈴音を愛しげに見つめる穏やかな眼差しではなかった。

「これは一体どういうわけか説明していただきたい」

酷薄そうな笑顔を浮かべ、朔夜が鈴音の前に投げ捨てたのは、朔夜に宛てた文だった。

「無位無冠の男と結ばれたところで先が見えている。没落した宮家の姫として生きるよりも、大納言の姫として女の栄華を手にしたい……ここにはそう書いてある」

鈴音は睫毛を伏せて、震える声で伝える。

「それが私の本心です。ですからどうぞ私のことはお忘れになってください」

「貴女は嘘が下手ですね。一体、何と言われて大納言に丸め込まれたのですか」

「あなたと話すことなどありません」

肩に置かれた手を振り払うと、急いで立ち上がり部屋から出ようとした。

「待ちなさい……!」

どすっと鈍い音がして、体ががくんと後ろに引かれる。振り返ると、鈴音の張袴の裾に太刀が突き立てられ、床に縫い留められてしまっていた。

「私が逃がすとでも思っているのですか」

「あ……っ」

不敵な笑みを浮かべ、朔夜は細腰を抱くと、太刀を抜いてその場に投げ捨てた。

「いや、放して……っ」

逃れようとする鈴音を軽々と抱き上げ、朔夜はすぐさま褥の上に押し倒した。

「牛飼い童に言いつけて、牛車に妙な動きがあれば私に知らせるよう手はずを整えておいたのです。まさか貴女が私を裏切り、大納言と裏で繋がるとは思ってもいませんでしたが」

　そこまで知られているなら後戻りできない。鈴音は覚悟を決めて嘘を押し通した。

「あなたはお人違いをしておられます。私は鈴音ではありません、夜須子です。入内して、帝の女御となり、一生不自由のない暮らしをするのです」

「私との慎ましい暮らしよりも、贅を尽くした女御として生きたいと？」

「ええ、そうです。ですからこのままお引き取りください」

　声を震わせ懇願する鈴音を、朔夜は腕を押さえつけたまま冴え冴えとした瞳で見下ろしている。鈴音はその瞳に射竦められて体を強張らせていた。

「私はとある姫を愛し、妻にと望んだ。だがどうやら私はその姫に裏切られ、見捨てられてしまったようですね」

　朔夜の顔に自嘲の笑みが浮かぶ。

「……っ」

「ここにいるのは私が愛した鈴音ではなく、あくまで夜須子だと仰るつもりですか」

「え、ええ……そうです」

　鈴音が答えると、朔夜の顔から薄笑いが消えた。ぞっとした。開けてはいけない地獄の釜でも開いたみたいに、朔夜の昏い瞳から何かの感情が迸る。

怒りと哀しみ、猜疑《さいぎ》と絶望。

それらが一気に放たれて、鈴音の華奢な体へとぶつけられる。朔夜は衣紋紐を解くこともせず、両手で一気に引き裂いた。

「嫌……っ」

小袖の袖は肩から引き裂かれ、衿は強引に落とされる。帯は解かれないままなので、鈴音の腕は小袖から抜けないまま自由に動かすこともできない。

「お、お止めください。私は帝の女御になる身です」

「それなら力尽くで入内を止めるまで。貴女が鈴音か夜須子か、直接体に聞けばわかる話。男を知らない体なら、私のものなどすぐには受け付けられないでしょう」

「ひっ……！」

何の前触れもなく、朔夜の剛直が引き裂かれた張袴の隙間から秘裂に押し込まれた。

そこは昨夜のように解されていないのでぴったりと口を閉じ、突然の行為に拒否を示していた。それでも朔夜は動きを止めず、閉じた蜜路を両側から指で開こうとする。

「あぁ……痛っ……やめ……」

苦痛に歪む瞳から幾筋も涙が零れる。朔夜はその涙を舌で掬うと、せつないため息を漏らす。

「ああ、どうしてでしょうね……」

酷い行いをしようとしているのは朔夜のほうなのに、その声と眼差しは言い尽くせぬ悲哀に満ちていた。

「欲しいと願うものは決して手に入らない。私は幼い頃から幾度となく傷つけられてきたが、そのような仕打ちを行うのはすべて、私が求め愛されたいと願う人たちばかりだ」

ぽたりと鈴音の頬に何かが落ちる。涙で潤む瞳には、朔夜の姿が歪んで見える。

「貴女だけは違うと信じていたのに……」

「朔夜様、わたしは……っ」

陰茎を途中まで収めると、開きかけた鈴音の口を乱暴な唇が塞ぐ。

「んっ……ふ……」

縮こまった舌を尖った舌で掻き出し、性急に口中を貪ろうとする朔夜の眼差しは常にも増して昏い。

そこは光の届かない場所。翳る双眸と獰猛な舌が、鈴音の裏切りを同時に責め立てる。

「あ、ぅ……っ……ふ、ぅ……」

そんなつもりではなかったのに……。身代わりを引き受けたのは朔夜を助けたいと願ったからなのに。

人のために生きたとしても、己だけのために生きたとしても、結局は誰かを傷つけてしまうのだろうか。

「痛っ……ぅ」

指と指の間から、柔肉がはみ出るほど乳房を鷲づかみにされる。

「ひ……いっ……うぅ……」

先ほどから滂沱《ぼうだ》と涙が溢れていた。辛いのは体なのか心なのかわからない。

朔夜は気が済むまで肉厚な舌で口腔を犯すと、次はその舌で胸の尖りを犬のように嬲り始めた。淡い蕾は音を立てて舐めしゃぶられるうちに薄紅色に色を変えていく。

「はぅ……っく」

「泣くほどに気持ちがいいのですか？　おかしいですね。貴女が夜須子なら入内前の身で男の愛撫などまだ知らないはずだ。そうそう、私が愛した姫ならばここより脚の付け根を舐められるほうがお好きでしたよ」

朔夜はずるりと音を立て陰茎を引き抜くと、わざと辱めるように言って、鈴音の脚を高々と持ち上げ両側に開いた。

「やぁ……見ないで……っ」

あられもない恰好に何とか脚を閉じようとする。

「隠しても無駄ですよ。ここには男を欲しがる淫花が咲いている。先ほどから物欲しげに涎を垂らして、早くここに私の男根を突き立てて欲しいと強請《ねだ》っている」

「ん……やめ……っ……お願い……見ない、で……ぇ……」

鈴音が羞恥に震えていると、朔夜は太股を割って、見せつけるようにして花唇にむしゃぶりついた。

「ひっ、やぁ……あ……ん」

熱い舌が蛭《ひる》のように柔らかな媚肉に吸いついてくる。

「本当にいやらしい花ですね。こんなに甘い蜜を垂らして」

無理な体勢を取らせたまま、朔夜が蜜を舐め取るように秘裂に舌を忍び込ませると、鈴音の顔が愉悦に歪む。

「あ、あ……んっ……」

蜜口に尖った舌を押し込まれると、そこは鯉の口のようにはくはくと開け閉めする。

「そんなにだらだら蜜を零して何を期待しているのですか？　貴女は存外淫乱ですね。もしや入内など建前で、ひとりの男では満足できないから、わざわざ内裏に乗り込んで帝を咥え込もうというわけですか」

「酷い！」

鈴音が思わず叫ぶと、腕を引かれ前に倒される。

「痛……っ」

小袖のせいで両手が後ろ手になっているので、鈴音は褥に突っ伏してしまう。

「酷い？　その言葉、そっくりそのまま貴女にお返ししますよ」

四つん這いにさせたまま、朔夜はいきなり二本の指を蜜口に突き立てた。

「ひっ……っく……」

「さあ、言いなさい。貴女は誰です」

「……っ」

「今から私が精を注ごうとしているのは鈴音ですか、それとも夜須子ですか」

そこまで問いかけて、朔夜は鼻でせせら笑った。

「貴女が夜須子と言い張るなら、私は愛しい姫を裏切り、これから数多《あまた》の女を渡り歩くことになるでしょうね」

「え……っ」

「何を驚いているのです。私が貞節を誓うのは鈴音だけ。もしも別の女を抱くことになるのであれば、私は鈴音を裏切ることになる。そうなれば一生、私は愛せもしない女たちの間を渡り歩くことでしょう。一度裏切るのも、二度裏切るのも同じこと。貴女が帝に抱かれるのなら、わたしも同じ夜に他の女を抱きましょう……それが貴女の望みなのでしょう？」

「わたしを試しているのですか？」

「いいえ、選ばせているのですよ。鈴音として私の妻になるか、夜須子として私に犯されるか」

会話を続ける間にも、朔夜の指が容赦なく鈴音を穿つ。押し倒されていた時は閉じていた花唇がすっかり濡れて解されている。

「ん、は、ぁあ……んっ……」

初めての夜よりも昨日、昨日よりも今日。朔夜によって教えられ、享受する快楽の熱に、鈴音の体は内側から火をつけられたように翻弄され、溶け出した蜜が内股を伝うほど流れ出ていた。

「父になんと唆《そそのか》されたか知らないが、私が欲しいのは貴女だけだ。貴女の犠牲でしか成り立たない幸せなど私は端《はな》から求めていない。貴女の兄にしたって、こんな方法で官位を得たところですぐに誰かに蹴落とされるのがおちですよ」

いつの間にか増やされた指がぬめる内壁を擦りながら、狭い隘路を拡げようとする。その度に腹を搔き回す音が絶え間なく聞こえ、耳の奥までも侵された。

「私の飢えた心を満たしてくれる姫とようやく巡り会えたというのに、貴女は私を置いて手の届かないところに行こうとしている。それならいっそ貴女を犯し尽くして入水でもしようか」

「駄目……っ！　死んでは駄目です……」

「ならば鈴音として、私の妻になると誓ってください」

「それは……」

心のままに朔夜のもとに走れば、その命が危うくなる。

「私の幸せは貴女に愛されること。他には何も要りません」

「お許しください……私にはこうするより……」

「では、無理やりにでも抱くまでだ」

張り詰めた亀頭が一気に花唇へと突き立てられる。

「ひ、あぁああ……！」

鈴音の腰が逃げを打つと、朔夜がそれを引き戻し、ずぶずぶと音をたてながらぬかるむ蜜路を搔き分けていく。

「はあ……っは……あ、んっ……」

口から息が吐き出される。そうすることで、穿たれる塊の圧迫をやり過ごそうとした。

「鈴音、鈴音……っ」

名前を呼ばれ抽送を繰り返されると、鈴音の襞が大きく蠕動《ぜんどう》して男の欲望を刺激する。

「ひぃ、あ……ん……あ、あ、あぁ……っ」

蜜路を深く抉られて、小さく開いた口から絶え間なく甘い声が押し出される。取らされた体位で乳房が不規則に揺れ、男の熱棒が子宮口を突き上げるたびに蜜口がきゅうきゅうと男根を締めつけた。

「あっ……やぁ……な、か……擦れ……」

「こんなにも私を食い締め、締めつけているのは貴女ですよ……さあもっと私を欲しがるのです……貴女を誰にも盗られぬよう、たっぷり子種を注いで差し上げます」

何度も何度も揺さぶられ、次第にわけがわからなくなっていく。頭の中は蕩けて快感を貪ることとしか考えられなくなる。

「ああ……っ、朔、夜さ……ひ、ぃあぁあああ……いぃ……あぅ、あっあっ、んぁあ……」

鈴音が背中を仰け反らせると、朔夜はそのまま鈴音の体を抱き起こして、自分の膝に座らせると、張り詰めた乳房と包皮に包まれた花唇の粒を弄り始めた。

「や、だ、めえぇ……そこ……ああ、ん……っ」

長い髪を振り乱し、逃げ場のない快感に身を震わせる。朔夜は小刻みに腰を突き上げながら、鈴音の敏感な陰核を指の腹でぐりぐりと擦った。

「だめ……ぇ……そ、こ……や、めぇ……っ……」

「く……っ」

朔夜の息も乱れ、腰の動きが激しさを増す。腹に収められた肉茎は、今にもはち切れんほどに膨張して子宮口を突き抜けんばかりに獰猛《どうもう》に動いていた。

ふたりの体から汗が噴き出し、鈴音の背筋をぞくぞくするような予感が駆け抜ける。

「鈴音……っ……もう二度と貴女を手放さない……っ」

「あ、ひ、ぃ……あぁあああ……ぁ」

一際長い嬌声が響いた後、鈴音は水揚げされた魚のようにびくびくと体を戦慄かせ、その蜜壺の奥に白い残滓を抱えたまま前のめりに倒れ込んでいった……。


果てた途端、倒れる鈴音の姿に朔夜は慌てた。

「鈴音……っ」

自分の浅ましい劣情と嫉妬で、愛しい姫を犯り殺してしまったのではないかと蒼《あお》ざめる。

だがその胸に耳を押し当て、確かな鼓動の音を聞いたとき、朔夜は安堵のため息を漏らした。

「良かった」

「……ぅ……ん……だ、め……」

鈴音の閉じた瞼の裏で、眼球が忙しなく動いている。

「うなされるほど、私に抱かれたくなかったのですね」

朔夜は唇を噛んで、鈴音から離れようと身を起こす。

「逃げて、朔夜様……っ……大納言様が……」

はっと目を瞠り、ぐったりと横たわる無防備な裸身を見下ろす。自分に穢された後であっても鈴音の体は清らかで美しい。

「……やはり貴女は私を裏切ってなどいない」

恐らく朔夜の知らないところで大納言が鈴音に何かを吹き込んだのだろう。

「朔夜様……に、げ……」

「そんなにも私のことを想っているのですね。大丈夫、わたしはここにいます」

ぐったりした鈴音の背中を起こし、朔夜は細く白い体を胸に強く抱き締める。

自分とはまったく違う、女の体。朔夜はふと、自分が女として生きていた頃を思い返した。

――自分が姫ではなく男だと知ったのは、十四になる前の晩だった。

お付きの女房が御帳台の中に忍んできて朔夜の寝込みを襲った。

「やはり姫様は若君だったのですね」

まだ幼い体を裸に剝かれ、無理やり性技を施された。

朔夜の上で腰を振る女は、見た目にも自分と違う。

真実を知った朔夜は、翌日、北の方のもとを訪れた。

「女房から私は若君だと言われ、無理やり犯されてしまいました」

すると北の方は朔夜を慰めるどころか鼻で笑い、

「女が女を犯すわけはないでしょう」

いくら朔夜が訴えても、その事実を決して受け入れようとはしなかった。

以来、朔夜は毎晩のように犯され続けた。

母が聞き入れてくれないので、嫌でもその行為に耐えるしかなかった。

そのうち北の方に昏い気持ちが湧いてきて、何としても自分を男と認めさせようと、わざと北の方付きの女房に手を出して、母に見せつけるように女の相手を務めたこともある。

だが、そうまでしても母は朔夜を見ようとはしなかった。

自分にとって都合の悪いことには目を閉ざし、耳を塞ぐ。

それまでは母に言われるまま、父の大納言にあれが欲しいこれが欲しい。どうか会いに来てくださいと文を書き送っていた。

けれど存在や被害を黙認された頃から次第に逆らうようになると、北の方は陰で朔夜に辛く当たるようになっていった。

小袿を引き裂かれ、膳の中には鼠の死骸を入れられる。親しかった女房を次々に遠ざけ、朔夜を犯した女房を側に置いた。

それでも朔夜が言うことを聞かないと知ると、裸にしたうえで両の手足を後ろに縛り、表からは見えない場所を蝋燭で焼いて苛める。

「さあ、夜須子。父がこちらに来るよう文を出すのです」

「いいえ、私は姫ではありません。若君です」

「馬鹿なことを……！　お前が文を書くと言うまで仕置きはやめませんよ」

北の方は言葉通りに朔夜の体を蝋で焼き、爪で捻り上げ、檜扇で萎えた男根を激しく打ち据えた。

「痛いっ……痛い……っ」

長時間に渡る拷問と激痛に朔夜が気を失って目を覚ますと、北の方の姿は消え、代わりに朔夜を犯した女房が佇んでいた。

「助けて……」

思わず救いを求めると、女房は朔夜が動けないのをいいことに散々弄んだ。

そうした行為は裳着の前まで続き、朔夜はある日、大納言のいる寝殿に駆け込むと、その目の前で装束を脱いで見せた。

「お父様、私を北の方からお守りください」

けれど、北の方の狂気に恐れをなした大納言は、厄介事のすべてを朔夜に押しつけ、体よく母子を邸から追い払おうとした。

その日から朔夜はすべてに期待することを止めた。

姫としても生きられず、男としても成り立たない。

人はみな自分を裏切り、与えることなくただ奪っていくのだと思い込んでいた。

鈴音と出逢うまでは。

朔夜は抱く力を緩めると、腕の中で眠る清らかな姫の寝顔を見つめていた。


目を覚ますと、鈴音はしどけない姿に小袿をかけた状態で褥の上に横になっていた。その傍らには小袖姿の朔夜がいて、鈴音を見守るように穏やかな眼差しを向けていた。

「これでもう貴女は私の妻だ。わかったら、なぜ私に別れを告げたのかいいなさい」

鈴音は眼を潤ませながら、今では夫となった朔夜に告げる。

「ごめんなさい……っ……大納言様に朔夜様を殺《あや》めると言われて……それで……っく」

鈴音は子供のように泣きじゃくると、朔夜の胸に顔を寄せた。朔夜は震える背中を優しく撫でながら、そっと額に口づけた。

「愚かですね、あの男は策略に長けてはいるが、人を殺めるほどの勇気はない。貴女は脅されただけです。わかったら、もう二度と私から離れないと誓いなさい」

「朔夜様……」

どちらからともなく身を寄せて、抱き合った。

その時、荒々しく簀子を渡る音がして、誰かが部屋に押し入ってきた。

肩を怒らせ踏み込んだ大納言は、褥に並んで横たわる鈴音たちを見て、頭にかっと血を上らせた。

「……！」

「朔夜、貴様なんてことを！　夜須子はゆくゆく入内する身だぞ！　それをお前は……！」

急いでここに駆けつけたのか、大納言は肩で大きく息をしていた。

「もう夜須子はおりません」

朔夜はゆらりと身を起こすと、立ち上がって大納言のほうへ歩を詰める。

「私と鈴音はすでに三夜契りました。ここにいるのは私の妻です」

「な、何を馬鹿な……！」

「当初の予定通り夜須子は病死、北の方はその娘を弔うため遠国の寺へ出家する——それで良いではありませんか。それともまだご自身の出世が大事だというのですか。どうして我が子の幸せを願ってはいただけないのですか」

「や、夜須子が死んだとして、この先お前はどうするつもりだ。落ちぶれた宮家の姫を娶ったところで出世の役には立たないのだぞ！」

「ええ、もとより私は官位も出世も望んでおりません。私が願うのは愛する人と穏やかに暮らす、ただそれだけです」

「だ、駄目だ！　いまさら計画は変更できん！　一の姫の代わりに二の姫を入内させるにしても裳着まであと三年もあるのだ！　その間に今の后との間に東宮が生まれでもしたら元も子もないのだぞ！」

「子は授かりものです。運を天に任すしかございませんね」

朔夜が淡々と述べると、大納言は目を血走らせて落ちていた太刀を拾い上げた。

「夜須子、こちらへ来るのだ！」

「朔夜様……！」

鈍色に光る太刀が朔夜を牽制するように突き付けられる。

鈴音は青ざめた顔で起き上がると、褥に座ったまま小袿の前をぎゅっと引き寄せた。

どうすればいいのだろう……。

鈴音は動けぬまま、相対する朔夜と大納言の姿を見つめた。

「やはり貴方は私よりも自らの保身を選ぶのですね」

朔夜は向けられた太刀の柄《つか》の先にある、大納言を睨みつけて嘆息する。

「いつかお前にも私の気持ちがわかる時がくる！」

「いいえ、申し訳ありませんが鈴音を渡す気などありません。それでも無理やり連れて行くと言うのなら私を斬り捨ててからにしてください。鈴音を失うくらいなら、朔夜として生きても仕方ない」

朔夜がみずから太刀に近づくと、大納言の手がわずかに後ろに下がる。

「くっ……」

「さすがに血を分けた子は殺せませんか」

ふっと笑い、朔夜は鈴音に手を差し伸べた。

「鈴音、ひとまずここを出て宮家に参りましょう」

「え、ええ……」

鈴音が立ち上がり朔夜のもとに歩き出そうとすると、大納言が目を見開いて怒声を上げげる。

「夜須子はここに置いていけ！」

「お断りします。さあ、鈴音」

「……」

呆然としながらも、無意識のうちに朔夜の手を取ろうとした時、大納言の太刀が大きく振り上げられた。

「朔夜様……！」

鈴音が朔夜を庇って飛び出そうとすると、それより早く朔夜が動いた。

銀色の閃光が目の前で閃く。

次の瞬間、紅の飛沫が壁にまで飛び散って、朔夜の背中が大きく傾いだ。

「いやぁあああああああ……！」

絶叫する鈴音の前で、朔夜はゆっくりと床の上に倒れていった。

終章

夏の盛りを前にして、宮家の庭はかつての華やぎを取り戻しつつあった。

父宮が母のためにと植えていた藤棚は蔓延っていた雑草が取り払われ、また巡り来る春に花を咲かすのを待っている。乃宇世宇《のうせう》とも呼ばれる凌霄花《のうぜんかずら》の濃紅や黄色い花も見事に咲き誇っていた。

東対の部屋から庭を眺めていた鈴音が小さなくしゃみをすると、褥に臥していた人物が瞼を開けて身を起こした。

「朔夜様、起こしてしまいましたか？」

「いえ、いま目覚めたところです」

本当は鈴音の横顔を眺めていたのだが、妻には心配性なところがあり、朔夜が横になっていないと自分も休もうとしないので仕方なく横になっていたのだ。

「傷の具合はいかがですか?」

「もう大丈夫ですよ。いつも言っているでしょう、傷は見た目ほど酷くはないのですから」

朔夜の頬から肩にかけて、鈴音を庇ったときにできた太刀傷がまだ生々しく残っている。

「貴女には気味の悪い痕を見せて、申し訳なく思っています」

「そんな、気味が悪いだなんて。私はそんなこと一度も思ったことはありません」

鈴音はその証とばかりに頬に残る傷跡に、そっと口づけた。

「貴女の愛らしい顔に傷が付かなくて良かった」

「そんな、愛らしいなんて……」

鈴音が頬を染めて俯くと、温かな両手が滑らかな頬に添えられる。

「本当にいくら見ても見飽きない」

「朔夜様……」

ふたりが見つめ合っていると、申し訳なさそうに咳払いする音が聞こえた。

「朔夜様、寝殿に天音様をお通ししておきました」

「そう、ありがとう」

「ま、松尾……いつからそこに居たの……」

慌てる鈴音に松尾はくすりと微笑む。

「お声をかけようとしましたら、朔夜様がしばらく待てと合図をなされたので後ろで控えておりました」

「え……っ」

赤面する鈴音に朔夜と松尾が目を合わせて笑う。松尾は朔夜を先導するため立ち上がった。

「天音殿と話が済んだら、後で寝殿のほうへお呼びします。貴女も久々に兄君と話をされたいでしょう」

「ええ」

喜ぶ鈴音に微笑みを残し、朔夜は松尾と共に寝殿へと移動した。

「これはこれは天音殿、わざわざお見舞いにお越しいただきありがとうございます」

朔夜が声をかけながら主の座となる御帳台に腰を下ろすと、天音はわずかに表情を曇らせた。

「貴方に代わって私がここに座るのは気に入りませんか？」

「妹婿なら当然だ。それに私はもう大納言家の跡継ぎだからな」

天音は手土産にと携えた干鯵《ほしあじ》の開きと烏賊《いか》の入った箱を差し出した。

「滋養のために食べるといい」

「ありがとうございます、鈴音もきっと喜ぶでしょう」

「では、こちらはお下げいたします。今宵の膳で鈴音様がお使いになるでしょうから」

松尾が箱を持って下がると、天音は露骨に眉をひそめた。

「まだ鈴音に下女のような真似をさせているのか。金は十分渡しているのだから、人手が足りないならもっと女房を雇えばいいだろう」

するとと朔夜はうっすら笑って首を横に振った。

「鈴音は私の面倒が見たいのです。私も妻以外の女に触れて欲しくないし、妻の作ったものしか食べたくない。それに表向き、うちは貧しいままですから」

「何が貧しいだ。怪我をさせた詫びとして、大納言に金を出させ宮家の改修工事までやってのけたくせに。しかし、あの大納言は怪我をさせたくらいで大人しく援助などするかなあ。何と言って、財を巻き上げたのだ？　……朔夜殿は本当に食えないお方だ」

「その食えない男のお陰で、貴方は大納言家の嫡子となれたのでしょう」

「ああ、そうだ。朔夜殿から譲り受けた母の文で脅しつけただけだがな」

「おや、そうですか？　世間では美談として伝わっていますよ。病で娘を亡くし悲嘆に暮れていた大納言様のもとへかつて恋人に贈った龍笛を持った貴方が現れ、これまで捨て子として宮家で育てられていた若君がじつは自分の子であったとわかり、思いがけない再会に大納言は喜びの涙を流されたとか」

「悔し涙の間違いだろう」

朔夜が意地悪く笑うと、天音が苦笑を浮かべた。

「とにかく朔夜殿の計画通りに私は大納言家の嫡子に収まり、夜須子の次に入内候補とされる姫のもとへ毎日文を贈っている。近頃、色よい返事が来たばかりだ。帝から文が来る前に、なんとしてでも契りを交わすつもりだ」

「精々出世なさって、大納言家の二の姫が入内を果たす日まで、父の右腕となって働いてください。心ない人ですが利害が一致すれば頼れる方です」

「つまり私は出世と引き替えに、貴方に報酬を払い続けることになるのだな」

忌々しげに吐き捨てる天音に、朔夜は目を細めた。

「人聞きの悪い。私はあくまで援助をお願いしたまでです。それに大納言家の財に比べればこちらに支払う援助など微々たるものでしょう」

朔夜は笑いを収めると、冷ややかな目で天音を見つめた。

「言っておきますが、これらの件に関しては、くれぐれも妻には黙っておいてくださいね。鈴音は心清らかな人だ。天音殿や大納言が、すべて善意から宮家に援助していると信じている」

「……お前が出仕していたら、さぞ私の出世の妨げになっただろうな」

「私は殿上人になど興味ありません。愛する妻とこの邸で仲睦まじく暮らしていければ満足なのです」

「――朔夜様」

戻ってきた松尾が声をかけると、朔夜は鈴音を呼びに行くよう合図した。

「松尾の奴、私が宮家にいた頃とまるで態度が違うではないか……私にはよそよそしく近寄りもしなかったのに……」

天音がぶつぶつ文句を垂れていると、朔夜が釘を刺すように言った。

「ところで天音殿。今後、宮家を訪ねるのなら年に一度くらいにしていただけませんか」

「はあ？　ここは私が生まれ育った家だぞ」

「いまは大納言家がご実家でしょう。それに頻繁に妻の前をうろちょろされては困ります」

「鈴音は私の妹だ！」

「かつては、でしょう。それに鈴音はいまや私の妻です。私以外の男を近づけたくない。それとも頻繁にここを訪ねるのは鈴音に何か下心でも？」

「な……っ」

あまりの言いがかりに天音は声を失った。どうやら妹が迎えた婿は策略家で嫉妬深い、とんでもない男だったらしい。

天音は同じ公達として、朔夜と官位を争わずに済んだことに内心胸を撫で下ろした。出世争いの強敵は内裏ではなく、どうやらこの宮家にいたようだ。

「今から妻がこちらに顔を出しますが、どうか夕餉の前にはお帰りくださいね」

にこりと告げられて、天音は言葉を失った。


その晩、朔夜は鈴音の用意した膳を肴に久々に酒を口にしていた。松尾は遠慮して早々に退がってしまったので寝殿にはふたりきりだ。

「今宵は月が綺麗ですね」

「そうですね」

鈴音は朔夜が空けた杯に酒を注ぐと、窘めるように告げた。

「今宵はここまでにしてくださいね。傷が癒えるまでお酒は控えなければ」

「あれも駄目、これも駄目。鈴音はずいぶんと意地悪ですね」

「こ、これは……っ……朔夜様のお体を心配して……」

「では、閨でのあれはしていただけますよね」

「あ、あれは……」

真っ赤になって鈴音が俯く。昨夜、朔夜から教えられたばかりの閨での振る舞いは、あまりに恥ずかしく途中で音を上げてしまっていた。

「では、私が動くしかありませんね」

朔夜が注がれた杯を置き、鈴音の手を取って奥の御帳台へと誘おうとする。そこはすでに褥が用意されていて、手抜かりのない松尾に朔夜は感心していた。

鈴音の読み通り、宮家に戻った松尾と朔夜はすぐに意気投合し、主従としての関係を盤石のものとした。ふたりにとって何より大事な存在が鈴音という一点で共通していたからだ。

朔夜は褥の上に横になりかけて、うっと息を呑み、肩を押さえた。

「大丈夫ですか……！」

鈴音は驚き、朔夜の傍に寄り添った。

「ええ、少し肩の傷が痛んで……」

朔夜はなるべく声を落とし、小袖の肩を落として傷を鈴音の眼に晒す。そうすると鈴音は自分の身が傷ついたような顔をして伏し目がちに頬を染めた。

「少し、だけですよ」

鈴音は朔夜を横たわらせると、朔夜の小袖の帯を解き、すでに昂ぶり始めた肉茎を口に含んでそっと唇で扱きはじめる。

朔夜が怪我を負ってから、いつしか鈴音が奉仕することが当然のことのようになっていた。本当はすっかり怪我も完治して、受けた傷は痛くも痒くもないのだが、鈴音が尽くす姿があまりに愛らしくて、つい朔夜はずるずると痛むふりをしてしまう。

「む……ぅ……ふぅ……」

苦しそうに息をしながら、鈴音の唇が膨れ上がった屹立に舌を這わせ、時には音を立てて喉まで吸い込む。そうすると、鈴音の口腔から淫らな音とともに唾液が伝って朔夜の情欲を眼でも煽った。

「鈴音、こちらに足を向けて」

鈴音は昨夜の教え通り肉棒を口に銜え込んだまま、彼の顔に尻が届くように、意外と逞しい腹の上に跨がる。

朔夜が鈴音の裾を開くと、小ぶりで真白い臀部《でんぶ》が現れ、その中心に蜜がじんわり染み出した花唇が妖しく咲いていた。慣れた手つきで鈴音の秘裂に指を突き入れると、ぬかるんだ蜜口がその指をきゅっと締めつけてきた。

「もう解す必要がないほど濡れていますよ。私のを舐めただけで感じているのですか？」

「そ、そんなこと……っ」

「私は、貴女に舐められていると思うだけで、軽く達してしまいそうですよ？」

「え……」

鈴音は小さく息を呑み、口の動きを止めてしまう。

朔夜が達するのが早いと二度目がなかなか終わらずに、鈴音は何度も泣く羽目になる。

これまでの経験からそれがわかっているのだ。

我ながら意地が悪いと思いながら、朔夜は昨夜教えたばかりの閨での振る舞いを強要する。

「鈴音、昨夜の続きをしてみましょう」

「でも、あれは……」

「大丈夫ですよ、慌てずゆっくりでいいのです」

それでも鈴音はまだ迷っているようだった。朔夜は先を促すように、艶めく髪をやさしく手に取った。

「肩はまだ痛むけれど、今宵は鈴音の可愛く乱れる顔が見てみたい……」

これ見よがしに肩の傷に触れると、鈴音は覚悟を決めたように朔夜のほうへ向き直り、怒張する肉茎に自らの淫裂を近づけた。

「ん……っ」

自分から突き刺すのがまだ要領を得ないのか、亀頭が蜜で滑って、なかなか朔夜の昂ぶりを媚肉で挟むことができない。

昨夜はそれも楽しかったが……。

さすがに二夜続けてお預けになるのは、それこそ体に悪い。朔夜は痛むと言っておきながら両手で鈴音の腰を摑んだ。

「私が手伝って差し上げますよ」

「え、でも……あっ」

鈴音の自重を借りて、ずんと奥まで屹立を突き立てる。鈴音の襞は突然の異物に驚いて中で滾る肉棒をぎゅっと締めつけた。

「相変わらず、すごい締めつけですね」

朔夜は堪らず鈴音の腰を両手で持ち上げては引き下ろす。

「あんっ……んあっ……は、あ……あっ……」

声はすぐに甘いものへと変わり、白い尻の下で肌と蜜がぶつかるたび、陰唇から卑猥な音が溢れ出た。

「鈴音、鈴音……っ」

いくら抱いても飽き足りない。何の駆け引きもなく純粋に夫を愛する妻の存在は、いまや朔夜になくてはならないものだ。

「鈴音との暮らしを守るためなら、私はどんなことでもしてみせますよ」

「あぁ……朔夜さ、まぁ……っ……あ……」

いつもは幼く清らかな顔が女の色香を醸《かも》しはじめる。唇はわずかに開き、抑えきれない喘ぎを次々と零す。はだけた小袖の衿からは、柔らかな乳房が蕾を硬く勃ちあがらせ、朔夜を惑乱するように揺れている。

「いぃ……ぅ……」

朔夜は身を起こすと、食らいつくように乳房を口に頬張った。その間にも朔夜は尻を引き寄せ蜜路の最奥を抉ろうとする。

「あんっ……あっ……あ、あ、……」

鈴音は背中を仰け反らせ穿つ肉茎から逃れようとするが、朔夜はその体を褥に横たえ、自らは腰を浮かせて前後の抽送を繰り返した。

「もう……だ、めです……おかしく……な……っ」

「いいですよ……もっと乱れてください……くっ……ぅ……」

蜜壷の中に精を放ったが、このままで終わるわけがない。鈴音が気づいていないのを良いことに、自らの残滓《ざんし》と鈴音の蜜を攪拌《かくはん》するように、ふたたび昂ぶる衝動を子宮口めがけて突き動かす。

「あ、……ぃっ……あ、あぅ……ひ、あぁあああ……っ」

そうして無垢な体は際限のない快楽にずぶずぶと堕とされていくのだった。


ひどく疲労させられた鈴音は、朔夜が触れても気づかないほど熟睡してしまっていた。妻の寝顔を十分に堪能して、そろそろ自分も眠りにつこうかと目を閉じかける。

「――朔夜様」

ふいに御簾の外から遠慮がちに声がかかる。朔夜は小袖を着直すと、松尾が控えている御簾の外まで出た。

「珍しいね、近頃大人しくなっていたのに」

「先ほどから、夜須子様を捜して部屋中を歩き回っているのですわ。いくら地下牢とはいえ、大声で叫ばれては誰かに聞き咎められてしまいますし、喉を痛めてはお可哀想かと」

大納言に新しく普請させた離れの地下には、北の方のために特別な部屋が作られていた。

——北の方を終生管理し、二度と表に出さないこと。

宮家への援助と引き替えに、朔夜に出された大納言の条件がそれだった。

その密約のほかにも大納言には、朔夜を疎ましく思っても蔑ろにできない理由が在った。その強請りの種となる話を朔夜に話して聞かせたのは他ならぬ大納言自身だ。

今上帝と先帝の不仲は誰もが知るところで、これほどまでに官位が刷新されて先帝派の貴族が一掃されたのもそれに起因している。

大納言は今上帝派と見なされているが、鈴音の両親の仲を割くよう先帝から密命を受け、今の出世の足掛かりとしたのだ。もしもこのことが今上帝の耳に入れば、大納言の立場も安泰とは言い難い。それに朔夜の手もとには、北の方が夜須子と偽って、今上帝と交わした文が残っている。

迂闊には手が出せず、歯がゆい思いをしていることだろう。

朔夜はくすりと笑うと、松尾に体を向けた。

「久々に夜須子として会いに行くのも悪くはありませんね」

「離れに髢と装束をご用意しております」

松尾が先に歩き出すと、朔夜は眠る妻に振り返り、自分に言い聞かせるように語りかける。

「貴女は世の汚いことなど一切知る必要はない。それらすべてを私だけが引き受けて、生涯貴女を守り続けていきましょう」

朔夜の見せる至福の笑みは、未来永劫、無防備に眠る鈴音ひとりだけのものだった。

あとがき

はじめまして、山田椿《やまだつばき》です。

念願の小説を書ける機会をいただいた途端、呪いがかったように幾つも仕事が重なって、途中で何度挫けそうになったかわかりません。

そうすると、なぜか担当さんからタイミング良く（？）電話がかかってきて、原稿の進捗状況を聞かれるという奇跡体験を何度も味わいました。

編集のお仕事をされている方って本当にすごい。よほどの人格者か性格破綻者でないと務まらないお仕事だと思います。尊敬しております！

担当のY様には、最後までご迷惑掛け通しで本当に頭が上がりません。いつもやんわり確実にお尻を叩いていただきありがとうございました。おかげで何か開眼しました。

そして今回、美麗イラストを担当してくださった秋吉《あきよし》ハル様にも感謝しております。このイラストを拝見できただけで幸せです。ありがとうございました。

また、今回は平安風のお話ということで、現在では馴染みのない名称などが随所に使われていますが、逆に、平安時代には無かっただろう言葉も出てきています。例えば「鹿おどし」という名前は当時無かったと思われますが、わかりやすさを優先して使わせていただいています。その他も、現代の言葉に直しているところがありますのでご了承ください。

年明け発売ということで、ご縁あってこの本を手にとってくださった皆様にとりまして幸多き年となりますようお祈り申し上げます。

山田　椿

この本を読んでのご意見・ご感想をお待ちしております。

◆ あて先 ◆

〒101-0051
東京都千代田区神田神保町2-4-7 久月神田ビル7階
㈱イースト・プレス　ソーニャ文庫編集部
山田椿先生／秋吉ハル先生

蜜夜語《みつよがた》り

2014年1月6日　第1刷発行

著　者　山田《やまだ》 椿《つばき》
イラスト　秋吉《あきよし》ハル
装　丁　imagejack.inc
DTP　松井和彌
編　集　安本千恵子
営　業　雨宮吉雄、明田陽子
発行人　堅田浩二
発行所　株式会社イースト・プレス
〒101-0051
東京都千代田区神田神保町2-4-7 久月神田ビル8階
TEL 03-5213-4700　　FAX 03-5213-4701
印刷所　中央精版印刷株式会社

ISBN 978-4-7816-9522-8
定価はカバーに表示してあります。

Sonya ソーニャ文庫の本

『影の花嫁』　山野辺りり

イラスト　五十鈴

Sonya ソーニャ文庫の本

『秘された遊戯』 尼野りさ

イラスト 三浦ひらく